同题散文经典

陈子善 蔡翔 ◎ 编

雪夜

鲁迅 郁达夫 等 ◎ 著

人民文学出版社

图书在版编目(CIP)数据

雪 雪夜／鲁迅等著；陈子善，蔡翔编.
—北京：人民文学出版社，2017(2024.10重印)
（同题散文经典）
ISBN 978-7-02-012582-1

Ⅰ.①雪… Ⅱ.①鲁… ②陈… ③蔡… Ⅲ.①散文集
-中国-现代②散文集-中国-当代 Ⅳ.①I266

中国版本图书馆 CIP 数据核字(2017)第 068844 号

责任编辑：卜艳冰 张玉贞
封面设计：汪佳诗

出版发行 人民文学出版社
社　　址 北京市朝内大街 166 号
邮政编码 100705

印　　刷 山东新华印务有限公司
经　　销 全国新华书店等

开　　本 890 毫米×1240 毫米　1/32
印　　张 6.75
插　　页 2
字　　数 140 千字
版　　次 2007 年 7 月北京第 1 版
印　　次 2024 年 10 月第 5 次印刷

书　　号 978-7-02-012582-1
定　　价 39.00 元

如有印装质量问题，请与本社图书销售中心调换。电话：010－65233595

编辑例言

　　中国素来是散文大国，古之文章，已传唱千世。而至现代，散文再度勃兴，名篇佳作，亦不胜枚举。散文一体，论者尽有不同解释，但涉及风格之丰富多样，语言之精湛凝练，名家又皆首肯之。因此，在时下"图像时代"或曰"速食文化"的阅读气氛中，重读散文经典，便又有了感觉母语魅力的意义。

　　本着这样的心愿，我们对中国现当代的散文名篇进行了重新的分类编选。比如，春、夏、秋、冬，比如风、花、雪、月等等。这样的分类编选，可能会被时贤议为机械，但其好处却在于每册的内容相对集中，似乎也更方便一般读者的阅读。

　　这套丛书将分批编选出版，并冠之以不同名称。选文中一些现代作家的行文习惯和用词可能与当下的规范不一致，为尊重历史原貌，一律不予更动。考虑到丛书主要面向一般读者，选文不再注明出处。由于编选者识见有限，挂一漏万在所难免，因此，遗珠之憾也将存在。这些都只能在编选过程中逐步弥补，敬请读者诸君多多指教。

目录

雪 …………………… 鲁　迅　1

雪 …………………… 梁实秋　3

雪 …………………… 沈从文　6

雪 …………………… 鲁　彦　15

雪天 ………………… 萧　红　20

"大雪"这天下了大雪 …… 冰　心　23

雪窗断想 …………… 柯　灵　25

雪 …………………… 赵清阁　27

雪的回忆 …………… 李辉英　30

雪 …………………… 缪崇群　32

雨雪之怀 …………… 彭燕郊　34

雪 …………………… 萧炳实　37

盼雪 ………………… 张　炜　42

雪的话 ……………… 羂　索　45

雪

风雪京畿道（节选） ········ 杨　朔　48

雪夜 ···················· 郁达夫　51

雪夜 ···················· 石评梅　56

雪夜 ···················· 毕基初　60

春雪 ···················· 孙福熙　61

飞雪 ···················· 萧　红　63

春雪 ···················· 刘白羽　66

初雪 ···················· 尉天骢　70

雪晴 ···················· 沈从文　75

春雪化时 ·········· 鲍尔吉·原野　82

夏雪 ···················· 黄国彬　90

雪画 ···················· 刘成章　94

雪晚归船 ················ 俞平伯　101

我喜欢下雪的天 ·········· 冰　心　103

雪夜 ···················· 冯　至　105

柚子树与雪 ·············· 施蛰存　109

雪 ···················· 张秀亚　111

雪夜有佳趣 …………… 思　果　114

雪的回忆 ……………… 穆木天　118

雪之舞 ………………… 邵　侗　129

听雪记 ………………… 毛　锜　132

香海雪影 ……………… 芮　麟　137

陶然亭的雪 …………… 俞平伯　141

西湖的雪景 …………… 钟敬文　147

风雪华家岭 …………… 茅　盾　154

万山雪照一灯明 ……… 芮　麟　159

陕北的彩雪 …………… 毛　锜　163

赤道雪 ………………… 杨　朔　167

雪山情 ………………… 刘白羽　177

阳关雪 ………………… 余秋雨　180

渴望下雪 ……………… 叶兆言　185

雪的沂河 ……………… 阿　英　187

我可爱的雪乡 ………… 阿　成　190

乡雪 …………………… 杨明显　196

岑寂与风雪的俄罗斯 …… 李公明　200

雪

——《野草》之八

◎鲁迅

　　暖国的雨,向来没有变过冰冷的坚硬的灿烂的雪花。博识的人们觉得他单调,他自己也以为不幸否耶?江南的雪,可是滋润美艳之至了;那是还在隐约着的青春的消息,是极壮健的处子的皮肤。雪野中有血红的宝珠山茶,白中隐青的单瓣梅花,深黄的磬口的蜡梅花;雪下面还有冷绿的杂草。蝴蝶确乎没有;蜜蜂是否来采山茶花和梅花的蜜,我可记不真切了。但我的眼前仿佛看见冬花开在雪野中,有许多蜜蜂们忙碌地飞着,也听得他们嗡嗡地闹着。

　　孩子们呵着冰得通红,像紫芽姜一般的小手,七八个一齐来塑雪罗汉。因为不成功,谁的父亲也来帮忙了。罗汉就塑得比孩子们高得多,虽然不过是上小下大的一堆,终于分不清是壶卢还是罗汉,然而很洁白,很明艳,以自身的滋润相粘结,整个地闪闪地生光。孩子们用龙眼核给他做眼珠,又从谁的母亲的脂粉奁中偷得胭脂来涂在嘴唇上。这回确是一个大阿罗汉了。他也就目光灼灼地嘴唇通红地坐在雪地里。

　　第二天还有几个孩子来访问他;对了他拍手,点头,嬉笑。但他终于独自坐着了。晴天又来消释他的皮肤,寒夜又使他结一层冰,化作不透明的水晶模样,连续的晴天又使他成为不知道算什么，而嘴上的胭脂也褪尽了。

但是，朔方的雪花在纷飞之后，却永远如粉，如沙，他们绝不粘连，撒在屋上，地上，枯草上，就是这样。屋上的雪是早已就有消化了的，因为屋里居人的火的温热。别的，在晴天之下，旋风忽来，便蓬勃地奋飞，在日光中灿灿地生光，如包藏火焰的大雾，旋转而且升腾，弥漫太空，使太空旋转而且升腾地闪烁。

在无边的旷野上，在凛冽的天宇下，闪闪地旋转升腾着的是雨的精魂……

是的，那是孤独的雪，是死掉的雨，是雨的精魂。

1925 年 1 月 18 日

雪

◎梁实秋

李白句:"燕山雪花大如席。"这话靠不住,诗人夸张,犹"白发三千丈"之类。据科学的报道,雪花的结成视当时当地的气温状况而异,最大者直径三至四英寸。大如席,岂不一片雪花就可以把整个人盖住?雪,是越下得大越好,只要是不成灾。雨雪霏霏,像空中撒盐,像柳絮飞舞,缓缓然下,真是有趣,没有人不喜欢。有人喜雨,有人苦雨,不曾听说谁厌恶雪。就是在冰天雪地的地方,爱斯基摩人也还利用雪块砌成圆顶小屋,住进去暖和得很。

赏雪,须先肚中不饿。否则雪虐风饕之际,饥寒交迫,就许一口气上不来,焉有闲情逸致去细数"一片一片又一片……飞入梅花都不见"?后汉有一位袁安,大雪塞门,无有行路,人谓已死,洛阳令令人除雪,发现他在屋里僵卧,问他为什么不出来,他说:"大雪人皆饿,不宜干人。"此公憨得可爱,自己饿,料想别人也饿。我相信袁安僵卧的时候一定吟不出"风吹雪片似花落"之类的句子。晋王子犹居山阴,夜雪初霁,月色清朗,忽然想起远在剡的朋友戴安道,即便夜乘小舟就之,经宿方至,造门不前而返。假如没有那一场大雪,他固然不会发此奇兴,假如他自己饘粥不继,他也不会风雅到夜乘小船去空走一遭。至于谢安石一门风雅,寒雪之日与儿女吟诗,更是富贵人家事。

一片雪花含有无数的结晶，一粒结晶又有好多好多的面，每个面都反射着光，所以雪才显着那样的洁白。我年轻时候听说从前有烹雪瀹茗的故事，一时好奇，便到院里就新降的积雪掬起表面的一层，放在甑里融成水，煮沸，走七步，用小宜兴壶，沏大红袍，倒在小茶盅里，细细品啜之，举起喝干了的杯子就鼻端猛嗅三两下——我一点也不觉得两腋生风，反而觉得舌本闲强。我再检视那剩余的雪水，好像有用矾打的必要！空气污染，雪亦不能保持其清白。有一年，我在沔洛道上行役，途中车坏，时值大雪，前不巴村后不着店，饥肠辘辘，乃就路边草棚买食，主人飨我以挂面，我大喜过望。但是煮面无水，主人取洗脸盆，舀路旁积雪，以混沌沌的雪水下面。虽说饥者易为食，这样的清汤挂面也不是顶容易下咽的。从此我对于雪，觉得只可远观，不可亵玩。苏武饥吞毡渴饮雪，那另当别论。

雪的可爱处在于它的广被大地，覆盖一切，没有差别。冬夜拥被而眠，觉寒气袭人，蜷缩不敢动，凌晨张开眼皮，窗棂窗帘隙处有强光闪映大异往日，起来推窗一看——啊！白茫茫一片银世界。竹枝松叶顶着一堆堆的白雪，权芽老树也都镶了银边。朱门与蓬户同样地蒙受它的沾被，雕栏玉砌与瓮牖桑枢没有差别待遇。地面上的坑穴洼溜，冰面上的枯枝断梗，路面上的残刍败屑，全都罩在天公抛下的一件鹤氅之下。雪就是这样的大公无私，装点了美好的事物，也遮掩了一切的芜秽，虽然不能遮掩太久。

雪最有益于人之处是在农事方面。我们靠天吃饭，自古以来就看上天的脸色，"上天同云，雨雪雰雰。……既沾既足，生我百谷"。俗语所说"瑞雪兆丰年",即今冬积雪,明年将丰之谓。不必"天大雪,至于牛目",盈尺就可成为足够的宿泽。还有人说雪宜麦而辟蝗,因为蝗遗子于地,雪深一尺则入地一丈,连虫害都包治了。我自己也有过一点类似的经验,堂前有芍药两栏,书房檐下有玉簪一畦,冬日几场大雪扫积起来,堆在花栏花圃上面,不但可以使花根保暖,而且来春雪融成了天然的润溉,大地回苏的时候果然新苗怒发,长得十分茁壮,花团锦簇。我当时觉得比堆雪人更有意义。

据说有一位枭雄吟过一首咏雪的诗:"黄狗身上白,白狗身上肿;出门一吃喝,天下大一统。"俗话说:"官大好吟诗",何况一位枭雄在黄缘际会踌躇满志的时候?这首诗不是没有一点巧思,只是趣味粗犷得可笑,这大概和出身与气质有关。相传法国皇帝路易十四写了一首三节联韵诗,自鸣得意,征求诗人、批评家布洼娄的意见,布洼娄说:"陛下无所不能,陛下欲做一首歪诗,果然做成功了。"我们这位枭雄的咏雪,也应该算是很出色的一首歪诗。

雪

◎沈从文

——在叔远的乡下,你同叔远同叔远母亲的一件故事。

天气变到出人地意外。晚上同叔远分别时,还约到明早同到去看枥树林里捕野狸机关,就是应用的草鞋,同到安有短矛子的打狗獾子的军器,也全是在先夜里就预备整齐了。把身子钻到新的山花絮里呼呼地睡去。人还梦到狸子兔子对我作揖,心情非常地愉快。因为是最新习惯,头是为棉被蒙着,不知到天亮已多久,待到为一个人摇着醒来时,掀开被看,已经满房光辉了。

叔远就站在我面前笑。

他又为我把帐子挂好,坐到床边来。

"还不醒!"

"我装的。"

"装的?"

"那只怪你这被太暖和。因为到这里来同到一茂睡,常常得防备他那半夜三更猛不知一脚。又要为他照料到被,免得他着凉,总没有比昨晚的好过。所以第一次一人来此舒服地方睡觉,就自然而然忘记醒转了。"

"我娘还恐怕你晚上会冷,床头上还留有一毯子,你瞧那不是吗？"

"那我睡以后，你还来到这里了！"

"来了你已经打鼾，娘不让我来吵你，我把毯子搭在你脚上，随即也就去睡了。"

因为是纸窗，我还不知道外面情形，以为是有了大黄太阳，时候太晏了，看狸子去不成了，就懊丧我醒来得太晚，又怪叔远不早催我醒。

"怎么，落雪多久了！我刚从老屋过来，院中的雪总有五六寸，瓦上全成了白颜色，你还不知吗？"

"落雪？"

"给你打开窗子看，"叔远就到窗边去，把两扇窗槅打开，"还在大落特落呢，会要有一尺，真有趣极了。"

叔远以为我怕冷，旋即又把窗关上。我说不，落了雪，天气倒并不很冷。于是就尽它开着。

雪是落得怪热闹，像一些大小不等的蝶蛾在飞，并且打着旋。

房中矮脚火盆中的炭火炽爆着火星，叔远在那盆边钩下身子用火箸尽搅。

"我想我得起来了。"

"不，早得很。今天我们的机关必全已埋葬在雪里，不中用，不去看了。待会儿，我们到外踏雪去。"

我望到床边倚着那两支军器，就好笑。我还满以为在今天早上拿这武器就可到叔远的枥林里去击打那为机关揢着后腿的野物！

我就问叔远："下了雪不成，那我们见到玛加尔先生他捕狐不就正是在雪中么？"

"那是书上的事情,并且是俄国。我的天,你为了想捉一匹狸子,也许昨天晚上就曾做过那个可怜玛加尔捉狐的梦了!"

听到叔远的话我有些忸怩起来。我还不曾见过活的狸子在木下挣扎情形。只是从那本书上,我的确明明白白梦过多次狐狸亮亮的眼睛在林中闪烁的模样了。

叔远在炭盆的热灰里煨了一大捧栗子,我说得先漱漱口,再吃这东西。

"真是城里人呵。"

叔远是因为我习惯洗脸以后才吃东西揶揄我,正像许多地方人用"真是乡下人啊"的话取笑他一样。因为不让我起床,就不起来了。叔远把煨熟的栗子全放在一个竹筒子内送到床上来,我便靠在枕上抓剥栗子吃。叔远仍然坐床枋。

"我告你,乡巴佬有些地方也很好受用的,若不是我娘说今天要为你炒鹌鹑吃,在这时节我们还可以拿猪肠到火上来烤吃呢。"

"那以后我简直无从再能取笑乡下人了。这里太享福。"

"你能住到春天那才真叫好玩!我们可以随同长年到田里去耕田,吃酸菜冷饭。(就拾野柴烤雀儿吃也比你城里的有趣。)我们钓鱼一得总就是七斤八斤,你莫看不起我们那小溪,我的水碾子前那坝上的鱼,一条有到三斤的,不信吧。"

我说:"就是冬天也还好得多,比城里,比学校,那简直是不消说了。"

"不过我不明白我的哥总偏爱住城里。娘说这有多半是嫂嫂的趣味,我以为我哥倒比嫂嫂还挂念城里。"

关于叔远的哥的趣味,我是比叔远还不明白,我不说了。

我让我自己来解释我对于城乡两者趣味的理由。先前我怕来此处。总以为，差不多是每天都得同到几个朋友上那面馆去喝一肚子白酒，回头又来到营里打十轮庄的扑克的我，一到了乡下，纵能勉强住下也会生病！并且这里去我安身地方是有四百来里路，在此十冬腊月天气，还得用棕衣来裹脚走那五六天的道，还有告假离营又至多不会过两月，真像不很合算似的！然而经不得叔远两兄弟拖扯，又为叔远把那乡间许多合我意的好处来鼓动我心，于是我就到这个地方来了。到了这乡下以后，我把一个乡间的美整个地啃住，凡事都能使我在一种陌生情形下惊异。我且能够细细去体会这在我平素想不到的合我兴味的事事物物，从一种朴素的组织中我发现这朴素的美。我才觉得我是虽从乡下生长但已离开的时间太久，我所有的乡下印象，已早融化到那都市印象上面了。到这来了又得叔远两弟兄的妈把当作一个从远处归来的儿子看待，从一种富厚慈善的乡下老太太心中出来的母性体贴，只使我自己俨然是可以到此就得永久住下去的趋势。我想我这个冬天，真过一个好运的年了。

叔远见我正在想什么，又自笑，就问我笑的缘故是什么。

"我想我今年过了一个顶舒服的年，到这来，得你娘把我待得这样好，运气太好就笑了。"

"娘还怕你因为一茂进城会感到寂寞，所以又偷偷教我告我大哥，一到十几就派人把一茂送来的。"

一茂是叔远大哥的儿子。一个九岁的可爱结实的孩子。聪明到使人只想在他脸上轻轻地拧掐。因为叔远大哥是在离此四十五里的县城里住，所以留下他来陪我玩。在一茂进城以前，我便是同一茂一床睡。日里一茂叔远同我三人便像野猫各处跑。一茂照例住乡不久又得进城去跟他的妈同爹住一阵，所以昨天就为人接进城了。如今听到叔远说是他娘还搭信要一茂早点来，我想因为我来此，把人母子分开，就非常不安。

我说："再请为我写一信到你大哥处去，让一茂在城里久玩玩，莫让嫂嫂埋怨你大哥，说是老远一个客来分开他们母子！"

叔远就笑着摇头，说是那不成。一茂因为你来就不愿进城。你还得趁今年为他学完《聊斋》！

我想就因了一茂这乖孩子，我心中纵有不安，也得在这个乡里多待一月了。

一竹筒栗子，我们不知不觉就已吃完了。望到窗边雪还是不止。叔远恐怕我起床时冷，又为加上两段炭。

栗子吃完我当然得起身了，爬起来抓取我那棉袄子。

"那不成。"叔远回头就把我挂在床架上的衣取到远处去，"时候早得很，你不听听不是还不曾有人打梆子卖糕声音吗？卖糕的不来，我不准你起来。炭才加上，让它燃好再起身。"

"我们可以到外面去玩。"望到雪，我委实慌了。

"那时间多着。让我再拿一点家伙来吃吃。我就来，你不准起身，不然我不答应。"

叔远于是就走出去了。耳朵听到他的脚步踏在雪里沙沙的声音渐远去了。我先是照着他嘱咐，就侧面睡下，望到那窗外雪片的飘扬。等一会，叔远还不来。雪是像落得更大。听到比邻人家妇人开门对雪惊诧的声音，又听到屋后树枝积雪卸下的声音，又听到远远的鸡叫，要我这样老老实实地安睡享棉被中福，是办不到的事了。

火盆中新加的白炭,为其他的炽炭所炙着,剥剥爆着响,像是在催我,我决定要起床了。

然而听到远远院子的那端,有着板鞋踏雪的声音,益近到我住的这房子,恐怕叔远抖那小脾气,就仍然规规矩矩平睡到床上。声音在帘外停止了。过了一会不做声,只听到为寒气侵袭略重的呼吸。

我说:"叔远,我听到你的脚步,怎么去得这样久?"

然而掀开帘子是一个女人,叔远的母亲。我笑了,赶忙要起床,这老伯娘就用手止住。老人一进房,就用手去弹那蓝布包头上的雪。

"我以为你不曾醒,怕他们忘了帮你加盆中炭火,起来又受凉,来看看。昨夜是不是睡得好?"

"谢谢伯妈,一夜睡得非常好,醒以前我还不知天已落了雪呢。"

"我也不想到。"这老太太见到窗子不关以为是昨晚忘了,"怎么叔远晚上窗子也忘关!"

"不,是刚才开的,落的是浮雪,不冷。"

"当真一点都不冷。你瞧我这上年纪的人,大毛皮衣还担受不住,是人老成精,也是天气的改变,哈。"

到这老伯妈把手来炭盆边交互捏着烘着时,我们适间所吃的栗子,剥到地下盆边的栗壳,已为老太太见到了。老太太笑。我记起叔远说的,娘是不准拿东西到早上吃,担心这时叔远不知道他娘在此,恰巧这时高高兴兴捧了一堆果子从外面进来,又无从起来止住叔远,就很急。

叔远的娘似乎看出我的神气了,就微笑解释似的说:"我已见到了叔远,正捧了不少把同腊肉,我知道他是拿到这来,这孩子见了我就走了。我告了他今天早饭我们炒辣子鹌鹑，不准多吃别的零东西，这孩子又骗我！栗子吃熟的还不要紧，不过像我们老人吃多了就不成。你是不是这时饿了想吃粑？我可以帮你烧几个拿来。"

当到这老太太含着笑说这话时，我心上真不好意思惶恐到要命！明明叔远又告了我是早饭菜有鹌鹑，娘已要我们莫吃别的东西，我却尽量同到叔远吃烧栗子。并且叔远这时若果拿粑来，设或把粑放到火上烤成黄色，包上猪肉，我也总不会拒绝，至少又得吃三个。等一会，吃早饭时又吃不下，这不是故意同老人家抬杠？然而背了老人两人偷偷吃的栗子赃证全在地板上，分辩说是并不曾吃过，只是剥来烧着玩，当然不是实在话。虽说幸好还只吃一点栗子，粑还不到口，然而纵不入口仍然也为老人所知道，我这时真有点儿恨叔远不孝了。我们自己以为使鬼聪明，背了老伯妈做的事，谁知全为她知道。我从她的眼中看出她是相信我至少也是同情叔远取粑同腊肉的，并且安慰我，若果是想吃可以为我烧几个，我还好意思说是就吃也不妨？

我答应她的话是："不，我并不想吃。"我一面在心中划算，"今天吃早饭我若不再多吃两碗来表明我栗子吃得并不多，真是不配在此受人款待了。"

她看着我忸怩神气，怕我因此难过，就又把话移到另外一桩事上去，说到在雪里打白绵的情形。

"你不知白绵那东西，狡极了，爬上树以后，见到狗在树根就死挨不下树。这时节，总又有好多机会得到这东西了。我要廖七到村里去问，若有人打得就匀一腿来，我为你同叔远做白绵蒸肉，欢喜用小米拌和也好，这算顶好味道一种菜，一茂这小子就常嚷要,不是落雪也得不到!"

若果是今天晚饭有白绵蒸肉吃,我想过午我又得少吃一点东西,好在饭量上赎我所有的罪了。

听到院中有人踹雪的声音,我断定这真是叔远了,老太也听到,就从窗口望出去。

"又不怕冷呀。你瞧手都冻红了,还不来烤烘!"

叔远即刻负着一身雪片进房了。我因他妈望别处,就努目示意,告他栗子事已为老人发觉。

叔远装作不在意那样,走近炉边去,说:

"娘,我先还以为挂在那檐下的棕袋里栗子不干,谁知甜极了。"

"你是又忘娘的话,同从文吃烧栗子了。"

"并不多,只几颗儿。"

娘望到地下那一些空壳,听到"几颗儿"的话,就不信任似的抿嘴笑。我也不得不笑了。

叔远坐在火边反复烤着那些肿成小胡萝卜似的手指,娘就怜惜十分为纳到自己暖和的掌中捏着。叔远一到他娘的面前,至少就小了五岁,天真得与一茂似乎并不差有多少了。

我是非得起床不可了。叔远说是为到东院去叫人送洗脸水,他娘就说让她过去顺便叫一声,娘于是走了。

我站到床上,一面扣衣一面说:"我问你,你拿的粑同腊肉?"

叔远把头摇,知道是母亲已告了我。然而又狡猾地笑。

"怎么? 还有什么罢?"我看叔远那身上,必定还有赃。

"瞧,"果不出所料,叔远从抱兜里把雪枣坯子抓出七八条,"小有所获,君,仍然可以!"

接着叔远说是只怪娘为人太好,所以有些地方真像是不应当的顽皮。

　　"还说! 你真不孝!"

　　洗脸水还不见来,我们二人又把放在灰里捞好的东西平分吃完了。

1927 年 10 月作

雪

◎鲁彦

美丽的雪花飞舞起来了。我已经有三年不曾见着它。

去年在福建，仿佛比现在更迟一点，也曾见过雪。但那是远处山顶的积雪，可不是飞舞着的雪花。在平原上，它只是偶然地随着雨点洒下来几颗。没有落到地面的时候，它的颜色是灰的，不是白色；它的重量像是雨点，并不会飞舞。一到地面，它立刻融成了水，没有痕迹，也未尝跳跃，也未尝发出窸窣的声音，像江浙一带下雪子时的模样。这样的雪，在四十年来第一次看见它的老年的福建人，诚然能感到特别的意味，谈得津津有味，但在我，却总觉得索然。"福建下过雪"，我可没有这样想过。

我喜欢眼前飞舞着的上海的雪花。它才是"雪白"的白色，也才是花一样的美丽。它好像比空气还轻，并不从半空里落下来，而是被空气从地面卷起来的。然而它又像是活的生物，像夏天黄昏时候的成群的蚊蚋，像春天流蜜时期的蜜蜂，它的忙碌的飞翔，或上或下，或快或慢，或粘着人身，或拥入窗隙，仿佛自有它自己的意志和目的。它静默无声。但在它飞舞的时候，我们似乎听见了千百万人马的呼号和脚步声，大海的汹涌的波涛声，森林的狂吼声，有时又似乎听见了情人的切切的密语声，礼拜堂的平静的晚祷声，花园里的欢乐的鸟歌声……它所带来的是阴沉与严寒。但在它的飞舞的姿态中,我们看见了慈善的母亲,柔和的情人,活泼的孩子,微笑的花,温暖的太阳,静默的晚霞……它没有气息。但当它扑到我们面上的时候,我们似乎闻到了旷野间鲜洁的空气的气息,山谷中幽雅的兰花的气息,花园里浓郁的玫瑰的气息,清淡的茉莉花的气息……在白天,它做出千百种婀娜的姿态;夜间,它发出银色的光辉,照耀着我们行路的人,又在我们的玻璃窗上札札地绘就了各式各样的花卉和树木,斜的,直的,弯的,倒的;还有那河流,那天上的云……

现在,美丽的雪花飞舞了。我喜欢,我已经有三年不曾见着它。我的喜欢有如四十年来第一次看见它的老年的福建人。但是,和老年的福建人一样,我回想着过去下雪时候的生活,现在的喜悦就像这钻进窗隙落到我桌上的雪花似的,渐渐融化,而且立刻消失了。

记得某年在北京的一个朋友的寓所里,围着火炉,煮着全中国最好的白菜和面,喝着酒,剥着花生,谈笑得几乎忘记了身在异乡;吃得满面通红,两个人一路唱着,一路踏着吱吱地叫着的雪,踉跄地从东长安街的起头踱到西长安街的尽头,又忘记了正是异乡最寒冷的时候。这样的生活,和今天的一比,不禁使我感到惘然。上海的朋友们都像是工厂里的机器,忙碌得一刻没有休息;而在下雪的今天,他们又叫我一个人看守着永不会有人或电话来访问的房子。这是多么孤单、寂寞、乏味的生活。

“没有意思!”我听见过去的我对今天的我这样说了。正像我在福建的时候,对四十年来第一次看见雪的老年的福建人所说的一样。

但是，另一个我出现了。他是足以对着过去的北京的我射出骄傲的眼光来的我。这个我，某年在南京下雪的时候，曾经有过更快活的生活：雪落得很厚，盖住了一切的田野和道路。我和我的爱人在一片荒野中走着。我们辨别不出路径来，也并没有终止的目的。我们只让我们的脚欢喜怎样就怎样。我们的脚常常欢喜踏在最深的沟里。我们未尝感到这是旷野，这是下雪的时节。我们仿佛是在花园里，路是平坦的，而且是柔软的。我们未尝觉得一点寒冷，因为我们的心是热的。

　　"没有意思！"我听见在南京的我对在北京的我这样说了。正像在北京的我对着今天的我所说的一样，也正像在福建的我对着四十年来第一次看见雪的老年的福建人所说的一样。

　　然而，我还有一个更可骄傲的我在呢。这个我，是有过更快乐的生活的，在故乡：冬天的早晨，当我从被窝里伸出头来，感觉到特别地寒冷，隔着蚊帐望见天窗特别地阴暗，我就首先知道外面下了雪了。"雪落啦白洋洋，老虎拖娘娘……"这是我躺在被窝里反复地唱着的欢迎雪的歌。别的早晨，照例是母亲和姊姊先起床，等她们煮熟了饭，拿了火炉来，代我烘暖了衣裤鞋袜，才肯钻出被窝，但是在下雪天，我就有了最大的勇气。我不需要火炉，雪就是我的火炉。我把它捻成了团，捧着，丢着。我把它堆成了一个和尚，在它的口里，插上一支香烟。我把它当作糖，放在口里。地上的厚的积雪，是我的地毯，我在它上面打着滚，翻着筋斗。它在我的底下发出哧哧的笑声，我在它上面哈哈地回答着。我的心是和它合一的。我和它一样的柔和，和它一样的洁白。我同它到处跳跃，我同它到处飞跑着。我站在屋外，我愿意它把我造成一个雪和尚。我躺在地上愿意它像母亲似的在我身上盖下柔软的美丽的被窝。我愿意随着它在空中飞舞。我愿意随着它落在人的肩上。我愿意雪就是我，我就是雪。我年轻。我有勇气。我有最宝贵的生命的力。我不知道忧虑，不知道苦恼和悲哀……

"没有意思！你这老年人！"我听见幼年的我对着过去的那些我这样说了。正如过去的那些我骄傲地对别个所说的一样。

不错，一切的雪天的生活和幼年的雪天的生活一比，过去的和现在的喜悦是像这钻进窗隙落到我桌上的雪花一样，渐渐融化，而且立刻消失了。

然而对着这时穿着一袭破单衣，站在屋角里发抖的或竟至于僵死在雪地上的穷人，则我的幼年时候快乐的雪天生活的意义，又如何呢？这个他对着这个我，不也在说着"没有意思！"的话吗？

而这个死有完肤的他，对着这时正在零度以下的长城下，捧着冻结了的机关枪，即将被炮弹打成雪片似的兵士，则其意义又将怎样呢？"没有意思！"这句话，该是谁说呢？

天呵，我不能再想了。人间的欢乐无平衡，人间的苦恼亦无边限。世界无终极之点，人类亦无末日之时。我既生为今日的我，为什么要追求或留恋今日的我以外的我呢？今日的我虽说是寂寞地孤单地看守着永没有人或电话来访问的房子，但既可以安逸地躲在房子里烤着火，避免风雪的寒冷，又可以隔着玻璃，诗人一般地静默地鉴赏着雪花飞舞的美的世界，不也是足以自满的吗？

抓住现实。只有现实是最宝贵的。

眼前雪园飞舞着的世界，就是最现实的现实。

看呵！美丽的雪花飞舞着呢。这就是我三年来相思着而不能见到的雪花。

雪天

◎萧红

　　我直直是睡了一个整天，这使我不能再睡。小屋子渐渐从灰色变作黑色。

　　睡得背很痛，肩也很痛，并且也饿了。我下床开了灯，在床沿坐了坐，到椅子间坐了坐，扒一扒头发，揉擦两下眼睛，心中感到幽长和无底，好像把我放下一个煤洞去，并且没有灯笼使我一个人走沉下去。屋子虽然小，在我觉得和一个荒凉的广场样，屋子的墙壁隔离着我比天还远，那是说一切不和我发生关系；那是说我的肚子太空了！

　　一切街车街声在小窗外闹着。可是三层楼的过道非常寂静。每走过一个人，我留意他的脚步声，那是非常响亮的，硬底皮鞋踏过去，女人的高跟鞋更响亮而且焦急，有时成群的响声，男男女女穿踏着过道一阵。我听遍了过道上一切引诱我的声音，可是不用开门看，我知道郎华还没回来。

　　小窗那样高，囚犯住的屋子一般，我仰起头来，看见那一些纷飞的雪花从天空忙乱地跌落，有的也打在玻璃窗片上，即刻就消融了！变成水珠滚动爬行着，玻璃窗被它画成没有意义无组织的条纹。

　　我想：雪花为什么要翻飞呢？多么没有意义！忽然我又想：我不也是和雪花一般没有意义吗？坐在椅子里，两手空着,什么也不做;口张着,可是什么也不吃。我十分和一架完全停止了的机器相像。

过道一响,我的心就非常跳,那该不是郎华的脚步?一种穿软底鞋的声音,擦擦来近门口,我仿佛是跳起来,我心害怕着:他冻得可怜了吧?他没有带回面包来吧!

开门看时,茶房站在那里:

"包夜饭吗?"

"多少钱?"

"每份六角。包月十五元。"

"……"我一点都不迟疑摇着头,怕是他把饭送进来强迫叫我吃似的,怕他强迫向我要钱似的。茶房走出,门又严肃地关起来。一切别的房中的笑声、饭菜的香气都断绝了,就这样用一道门,我与人间隔离着。

一直到郎华回来,他的胶皮底鞋擦在门限我才止住幻想。茶房手上的托盘,肉饼,炸黄的番薯,切成大片有弹力的面包……

郎华的夹衣上那样湿了,已湿的裤管拖着泥。鞋底通了孔,使得袜子也湿了。

他上床暖一暖,脚伸在被子外面,我给他用一张破布擦着脚上冰凉的黑圈。

当他问我时,他和呆人一般直直的腰也不弯:

"饿了吧?"

我几乎是哭了,我说:"不饿。"为了低头,我的脸几乎接触到他冰凉的脚掌。

他的衣服完全湿透,所以我到马路旁去买馒头。就在光身的木棹上,刷牙缸冒着气,刷牙缸伴着我们把馒头吃完。馒

头既然吃完,棹上的铜板也要被吃掉似的,他问我:

"够不够?"

我说:"够了。"我问他:"够不够?"

他也说:"够了。"

隔壁的手风琴唱起来,它唱的是生活的痛苦吗？手风琴凄凄凉凉地唱呀!

登上桌子,把小窗打开。这小窗是通过人间的孔道:楼顶,烟囱,飞着雪沉重而浓黑的天,路灯,警察,街车,小贩,乞丐,一切显现在这小孔道:烦烦忙忙的市街发着响。

隔壁的手风琴在我们耳里不存在了。

"大雪"这天下了大雪

◎冰心

我永远喜欢下雪的天!

大约三四岁吧,我记得我的奶娘把我抱到窗台上,望外看下雪的天,说:"莹官呀,你看这雪多大! 俗话说'大雪纷纷下,柴米油盐都落价'。"那时我还不懂"柴米油盐"对一个人的生活有什么意义,"落价"了又有什么好处,只觉得下了大雪,天上地下都锃亮锃亮地晃眼。

我们出去又听见路旁金钩寨的农民们,都喜笑颜开地说:"'大雪兆丰年',明年不怕吃不饱了!"原来大雪和吃饱饭还有这么大的关系!

从我会认字起,母亲就教给我说:一年四季,就有二十四个"节气",如:立春、立冬、雨水、芒种等等,但是"雨水"那天就不一定下雨,因此我也常去注意它。

今年十二月七日早起,只看见窗外一切都白了! 四围的楼瓦上都覆盖着一层厚厚的雪,地上和人们停放在门口的许多辆自行车上,也蒙上厚厚的一层雪被。而我周围的空间里还是下着千千万万朵柳花似的漫天匝地的大雪! 我又想起几句古诗,一是一位"寒士"抒发他的郁抑心情之作:

填平世上崎岖路

冷到人间富贵家

还有一首忘了是哪位名诗人写的：

> 雪后溪山照眼明，
>
> 出门一笑大江横。
>
> 龙盘虎踞三分地，
>
> 留与先生拄杖行。

看这位老诗人的心境是多么喜悦，多么超逸、多么豪迈！

而我在"照眼明"的光景里，眼前既没有"溪山"，门前也没有"横"着一条大江，我的住处也不是"龙盘虎踞三分地"，而且我除了用"助步器"之外，连"拄杖"也不能行走的！

但是我低头看了书桌上的日历的"今日大雪"字样，还是高兴地想："我们五千年古国讲的'节气'，还是真灵！"

1991年12月20日晨急就

雪窗断想

◎柯灵

终于下了雪。

坐在北窗下，双脚冷得发痛。看看昏昏沉沉的天色，雪下得正紧，禁不住有了一点欢喜之情。

这里毕竟是上海，仿佛连一点雪的洁白也容不下，一边下，一边融化，只湿润了光滑的地面，一点痕迹也不留。倘在乡下，屋面的瓦楞该盖没了，山该白了头，树该着了花，无际的田畴也必然是耀眼的一片银装了。

想起那清朗如镜的山河，我不禁神往。我喜欢乡下。

但我只是冷清清的一个，关在亭子间里。望出去，是斑斑驳驳的屋背，灰色的墙。

于是我梦想有一间暖室，帘幕半垂，炉火正红。室中有二三长于清谈的朋友，有一点酒和可口的菜，自然更好。这不算奢望，对于有许多人；对于我，却是只能够想想的。

能够我似的悠然坐在窗下，随便幻想一阵的还好，有许多人就连这样的兴致也怕鼓不起来。太冷，倘连避风的房子、御寒的衣服也没有，那么就要全身发抖，这样的野心也必然无从产生，因为幻想也多少要一点物质基础的。到不能支持的时候，身体就要逐渐僵硬起来。

我想，明天的报上，大约又有冻死者的记录了吧。

然而也真没有法子。

世界上有多少"雪中送炭"的人呢？纵或有，或者每个富人都有这样的好心，受冻者这么多，也必然无法都送到。雪是有风趣的；为穷人着想，却有点煞风景，还是不下的好。

不过我们还是应当希望雪下得大一点。原因并非真为的有趣，好欣赏雪景，像我这样的人虽然有着这样爱好自然的倾向，但也早已被折磨得很是迟钝感。下雪所给我的欢喜，其实，还另有一种原因在。同居的老头儿，叫了好一阵了："怎么还不下雪，再不下，明年的年成可要坏了，而且多瘟疫！"不错，吃着这样贵的米，怕谁也不能不关心明年的"年成"。一看见雪，心里就觉得轻松——终于下了雪。

虽然有人要冻死，我们也只好对雪欢迎，因为我们不能只顾近忧，不知远虑，我们——更多的人——也还有着明年！

1940 年

雪

◎赵清阁

我一生最爱雪,可我偏偏客居一座南方不下雪的城市,为此很遗憾。只有在荧屏上欣赏那国内哈尔滨的雪,国外瑞士的雪,日本北海道的雪。也只有睡梦中重温故乡雪的往事——凭窗看飘雪,执笤扫积雪,踏雪嬉戏,炉边烹雪,灯下咏雪,纸上画雪……真是情趣无穷,诗意盎然。

难得上个月上海下了一场雪,雪花漫天飞扬,宛如柳絮鹅毛,飘飘洒洒。极目苍穹,为之心旷神怡。可惜这美景只显现了十分钟,大地还没有粉妆,尘垢尚未冰封,便匆匆猝然而止!尽管是刹那间的挑逗,却也撩起我联翩的浮想。随笔志感,聊释雪馑。

记得儿时,也是冬令岁梢,我住外祖母家,有一天大雪纷纷,一夜之间积雪盈尺。我和小伙伴表兄妹们欢跃若狂,连大舅父也不胜欣喜。大舅父是清王朝的末科进士,很风雅,赏雪之余,又动员孩子们替他盛雪化水,贮藏到瓦罐里,再埋入后院泥地。据说隔年雪水烹茶喝,清淳宜人,且能治热病。外祖母笑他学《红楼梦》妙玉的风雅。我们小孩子不懂什么风雅,只知道好玩。我们一面为大舅父服务,一面掷雪球交战,一个个满身满头满脸都是雪,成了雪人儿。表哥最淘气,把小表妹放进屋檐下的水缸里,缸里的冰雪淹了小表妹的两条腿,冻得直哭。惊动了大人们,少不了表哥挨了一顿板子。这件事至今回想起来还忍俊不禁!我对烹雪茶的印象极深,也有兴趣,因为我嗜茶,每逢下雪,我也学大舅父的"风雅",如法炮制一番。六十年代初,上海下过一场大雪,我贮藏了几罐雪水:等到新茶上市,才买了上好的龙井用雪水烹饮。较泉水、雨水淳美;沁人肺腑,五内为之一涤。虽非佳酿,亦生醉意,有飘飘欲仙之感!尝乘兴作画《雪封寒林图》,"文革"时造反英雄诘责我何以不画繁荣现实,偏画这萧条景象?寓意不善,斥为"黑"画,遂予没收。这使我悟出一个道理,假"革命"外强中干,所以害怕寒冷,也害怕雪;雪的洁白,会反映他们灵魂的肮脏,而黑夜却掩蔽不了雪光的辉煌。

我爱雪,正是为了它那白皑皑天地一色的纯净无垢;置身它的怀抱,心灵会受到一种圣洁的洗礼,仿佛胸中积压的许多悒郁、烦忧,都凝结成了冰,再不会时而泛漾涟漪折磨我了。即使春天来临,暖风解冻,这些烦恼丝也已经缚为僵茧了。

雪的威力是宏大的。雪光晶澈,广旷无垠;镜子般的明朗,照亮了我的眼睛;使我看到寰宇万物的美丑,透视了人类心灵的善恶。这天,我蒙眬假寐中,觉得在一片白茫茫的雪原上,突然出现一个令人惊讶的景象;但见天地静谧肃穆,鸟兽敛迹;只有一群形象萎蕤的男女老少,匍匐叩首,颤抖着;羞惭地喃喃忏悔、祷告;说他们有罪,他们自私、贪婪;他们狭隘、妒忌、无情无义;他们愧对哺育过他们的国家和人民,愧对帮助过他们的亲友。他们祈求宽恕和拯救。可是雪原赫然,冷风飕飕告诫道:仁爱改变不了鹰鸷的本性,只能自己苏醒:良知,拯救自己。"良知"随着风声回响震撼太空,大雪像发了怒似的,顿时疾骤地倾崩四扬。雪原显得更加广阔洁净。我知道这是爱雪成痴的幻觉,它的启迪,令我想到梁代范云的一首诗,用来形容这一景态意境,倒是很剀切的。诗云:

> 修条拂层汉,
> 密叶障天浔。
> 凌风知劲节,
> 负雪见贞心。

1989 年 2 月

雪的回忆

◎李辉英

　　幼小的时候,对于雪不曾培育出深厚的感情,看来也不是没有原因的。我现在回想起来,除了第一次看见天上落下一片片的白雪,不免有些惊奇之外,大抵由于漫长的冬季,到处都是雪地冰天,看不见一棵青草,找不到一片绿叶,总不免由那死气沉沉的隆冬而感到了寂寞。除了偶尔可以发现麻雀在雪地上的啄食,哪里还抓得到蝈蝈,哪里还采得到马兰花,哪里还摘得到黄瓜?夏天,蚂蚁不是常常爬上你的胳膊,爬得痒痒难忍么,冬天雪封的大地上又哪里找得到蚂蚁的踪迹?这时,却从回想中忆起它们那种有趣的钻爬行动了。

　　追随雪的降临,紧跟着便来了严寒,至少我幼小的心灵中,有着如上的认识,其实,你何尝不可以说,因为严寒悄悄踏近了脚步,才引得来一场一场的大雪呢!那些白雪,如果像一个旅行家似的,今天在这边逗留,明天又在那边逗留,你会有着不尽相同的新奇感觉。但是雪却并不如此,一来之后,便以胜利者的姿态,扎下大营,再也不想开拔了,那就使得幼小的我非常地厌烦。

　　严冬的寒冷,也使我迁怒到雪的身上,冷得你冻指裂肤,一阵风吹到脸上,就像刀刃刮去了一层脸皮那般疼痛,这哪里比得上春秋时分不冷不热更受人欢迎!雪来了,跟着又是封了河,冻了地表,河上的冰如果不打穿一个洞,你就休想看得见河水,其实河水仍然在冰下川流不息的。冻了的地表到处硬得像一块铁,一锹一镐都刨挖不出土屑来,为什么没有人在冬天盖房子,大兴土木,道理也就十分地明白了。

即令如此,孩子们却也并不在雪的面前畏缩。有的人毫不计较双手冻得又红又肿,只顾经心经意地堆着雪人,大大的头,长长的胳膊,也许是短短的腿。或者是握一支打狗棒,或者是手提一只旱烟袋,脸上的眉眼鼻嘴,则是用烧过的柴灰抹出来的轮廓,四不像,却能引得人们看见之后哈哈地大笑一场。冬雪不融,这雪人可以有三个多月的寿命。

在雪地上安设捕捉麻雀的陷阱,是孩子们最饶兴趣的工作,但却是对于麻雀的危害。说陷阱,只是出于会意的说法,实则并不恰当,我们的土话却叫作"下压拍子"。所谓"压拍子",就是一方木板,木板大约两尺见方,把它用一支离地只有二寸高的木杆支在木板的靠边地方,木板成斜坡状,板上压一块大石,板下略微撒些米粮,用以引诱麻雀入谷。木棍上面系以一条长绳,拉进屋门里面,孩子们躲在门后,撬开一线门缝,向外张望,只见麻雀们先是左顾右盼地在压拍子外面扫视,蹦蹦跳跳,似乎为发现了米粮而欢喜,但也为须得戒备而担心。毕竟它们七跳八跳跳近了压拍子,米粮实在诱惑了它们的饥肠,终于慢慢地向前,向前,忘记了戒备,跳进压拍子底下,开始大嚼了。当它们正在大嚼特嚼时,躲在屋门后的孩子们把长绳向后一拉,木棍倒了,木板啪的一声压下来,跳进去的麻雀除非是上天保佑,否则定被活活地压死。孩子们捡获了战利品,放进火盆里埋入火灰中烧上一阵,再刨出来时,拔掉毛根,把那一点一点的麻雀肉吃得津津有味,老早忘记了雪的讨厌了。

雪

◎缪崇群

　　我出发后的第四天早晨，觉得船身就不像以前那样振荡了。船上的客人，也比寻常起得早了好些。我拭了拭眼睛，就起身盘坐在舱位上，推开那靠近自己的小圆窗子。啊，滔滔的黄水又呈在眼前了！过了半个钟头在那灰色和黄色相接的西边有许多建筑物和烟突发现了，这时全舱的人，都仿佛在九十九度热水里将要沸腾一样。

　　早饭的时刻，有很多人都说外边已经落雪。我就披了衣服走到甲板上去，果然是霏霏的雪正在落着，可是随落便随化了。我如同望痴了一样，不是望一望海，就是望一望天边，默默地伫立着，我也不知道经过多少时候。

　　"唉！别了，凄凉的雪都！别了，凄凉的雪都！……"我曾在京津道上念了上百的遍数，但今朝啊，黄浦江上也同样落的是雪花，而且这些和漠北一样的寒风，也是吹得我冷透了心骨！

　　上海我到了，初次我到了这繁华罪恶的上海。

　　我曾独自跑到街头去徜徉了几个钟头。在晚间，我也曾勇敢地到南京路去了一次。那儿不是同胞流血的地方么？可是成千成万的灯火在辉煌着……

　　夜间，将近一两点钟了，耳里还模模糊糊听见隔壁留声机的唱声。大概是"阎瑞生托梦"那段，总是翻来覆去地唱。我看见了上海，此刻我仿佛又听见所谓上海了。

睁开眼睛的时刻，雪白的蚊帐静静在四围垂着，从布纹里去看那颗电球，越发皎洁了！大概是夜更深了的缘故。

过了一刻，我什么都不晓得了，直到第二天茶房叫醒了过后。

雪

雨雪之怀

◎彭燕郊

　　雨雪的日子里，我常常怀想起一些小事。就便是这些小事吧，也会叫我深深地感动的。

　　这些时，我们一直就在乡村里。乡间的路是泥泞的，到雨天就更泥泞了。此刻，我忽然想起一条路。有一次，在我们所驻扎的那个小村旁边，有一条小路，靠近着河沟，那是条倾斜的、平滑的、光坦的路。晴朗的日子，人走在那上面是惬意的。可是，糟啦，连下了几天雨，我们要出发了。谁也拣了特别粗的草鞋穿上，也还总在担心着怕会"坐汽车"呢。一上路我们就这样担心着，走过那条路——它应该有它的名字的，可是我记不起来了——要是跌跤了下来，可不大好呵，那是会一下子跌到河沟里去的。然而不然，当我们走近那条近乡的坡路上时，才发现了——是多么可感动的发现呵！在那条倾斜的、平滑的、光坦的路上，已经厚厚地铺着稻草，厚厚地撒满了沙粒了。

　　还有一次，是在冬季，天落雪了，我们行军到一个小村子上。这个小村，给雪封得几乎不像个村庄了。烧好午饭，就要走了。而匆匆间我们竟发现了，到山坡上走的那条路上的雪，早已扫得干干净净，而且，要上山的那地方，还用锄头挖了梯级。走起来不用再怕冻、怕滑了。

这使我们记起来当我们初进这个小村庄的时候,村里的农人们都唏嘘了,对于我们的太单薄的衣衫,和即使是这么大的雪,也还光赤着脚的,冻红的双足,农人们流下他们友爱的泪了。

再有一次,在一个小小的港湾上——在江南,这样的叉错的港湾是很多的。我们机动地退却了,没有遭到大的杀伤。不幸的是,有一个受伤的同志,因为是瘸着腿走,支持不住了——路是滑的,多雨的江南的春天的路差不多都是滑的。他跌落到田堤埂下去了。敌人和我们都走过了之后,邻近的农民将他救起来了。在那个小村里他休养了一个月,直到伤口养好了,才由村里的人替他找到部队,送了回来。这故事是他回来时告诉给我们的。——这使我们多么高兴呵!我们早就以为,他是做了牺牲的了。而当他说着这个故事的时候,我永远记得,他是怎样压抑不住地、频频地擦着眼泪呵。

当我在一个山村里休养的时候,我也曾遇到一件使我不能忘却的事。也是在多雨的春天,村旁的山溪暴涨了,不知道是从什么地方漂来的,那么多的柴木呵、桌椅呵、门板呵。而可叹的是,这一天竟漂来一具死尸,是一个乞丐吧,或者是散兵也说不定。这,马上使全村的农人注意了,高年的长者立刻就发动打捞——不像城市里的人那样,在这种场合,只会幸灾乐祸地去打捞柴木桌椅之类的什物,相反地他们对这些却想也没想过——之后,乡里募集了买棺木的钱,找人收殓了,还烧了一大堆纸箔。

这都是一些多么小的事呵。但就便是这些小得几乎是不足道的事深剧地感动了我。每逢到雨雪的日子,我便会更加神往地想起了这些,想起那些休养雨的,封着雪的村庄,那些像土地一样古朴的农人,深深地对他们起了信赖。而对那些衣冠楚楚者流,又怎样愤懑地,感觉到"愚蠢""麻木"之类的辱写,是应该拿来反骂他们,倒适合得多呵!

雪

◎萧炳实

朔风微微地紧了一紧,大地在吾人酣梦中已经偷偷地变了一番相貌了。晚间两三点间,照例要在棉被里翻一翻身,约莫有三四分时光景,是半睡半醒的状态。昨晚那时,仿佛有一道白光射在我的枕上:是明月光么? 是地上霜么? 也许是一位勤苦的同学开夜车的灯光罢? 不很活动的脑里只是反射地发出不管合理不合理的疑问,然而并不迫切地要求答案。

"雪啊! 下雪呀! 满地都是白的。"起得比我较早的潘君嚷着。

"雪么? 那是很好。"照例枕上五分钟的留恋,不必似往常要鼓一点勇气才能打破,只"雪"这一个字就很够引起我的童心了。

雪,在我的家乡,十次中至少有九次是与过年联络的,那是小孩子一年中最快乐的时期——尤其是贫苦的小孩子。肉? 平时是只有屠门大嚼式的领略;过年虽然不能说有吃不完的肉,至少也接连地有几次好吃,甚至也会吃得到有点不想吃的境地。衣呢? 也许稍嫌单薄一点,然而我的祖母常常引着一句乡土色彩很重的古话安慰我说:"不要紧,小孩子身上有三严火。"若是侵略的北风猛烈地吹着有点刻骨入髓的时候,这句话也许稍嫌空泛,但是风势稍杀或者径是无风,这却多少总有几分效验,如果是从慈祥恺悌的祖母或母亲口里说出来的。是的,衣服问题着实也引我向母亲埋怨过几次,然而那不是因为冷,却是因为与比我穿得较好的孩子相形之下有点见绌或者是竟被奚落而发生的。捉襟见肘的状况,有时诚不免难为情的,尤其是与华冠贵胄并列的时候;然而这种时候是常有的,同我一辈子玩的,穿的与我比起来,也不过是伯仲之间,况且我十来岁的时候读过"子曰,衣敝缊袍与衣狐貉者立而不耻者,其由也与"这几句话之后,着实受了一番感奋,有点企慕贤者卓然自立之概,从此觉得为衣服羞愧,实在是不长进。至于我的家庭呢,在社会上不过占了一个"清白家风"四个字的位置,并不必穿得怎样华贵,方能撑持门户。除了在历史上能够追溯到微子封于宋以及萧何相国萧衍皇帝之外,在家谱上从三百年前迁到南源的始祖起一直到我的曾祖,连一个够资格在谱上有一篇传或一篇墓志铭的也没有;实在说,南源萧氏族谱里头是没有一篇传记或墓志铭的,每人底下都是刻板的几行:"某人,字某,号某(有字有号的也绝少,不上十分之一),生于某日,卒于某日,配某氏,子几人,长名某……女几人,长适某……"至于我的父亲呢,虽说是我们南源萧氏十几代中唯一的秀才,他偏偏十八九岁进学后就不肯做举业,却要提倡维新,所以并不会博得一官半爵来荣宗耀祖裕起后昆;他虽然是留学生的先辈、同盟会的党员,然而他辛亥以前就去世了,并未曾参加革命的事业;他遗留下的成绩,不过是几所学校、几个门徒,他并不曾将我们的家世提高。不好了,为了衣服两字,不觉地作起家传来了,那真离题太远。

雪给我的回忆,总是快感的多,不快的少。捉麻雀,做雪人,打雪仗,踏高脚,射箭,都是最可爱的应景的游戏。拜年,拿压岁钱,吃果子,那也是一年只有一次的快乐。现在虽然不能开倒车将已过去的时光追回重做一个天真的孩子,然而一点稚气,一点童心,因生命流的连续性总多少还保存着一点。因为童稚的生活中雪给予的印象略深一点,雪遗留的联想略富于快感一点,而且雪的快感,几乎每年皆有一次复兴的机会,所以我的稚气,我的童心,被雪引出来的比被任何他事他物引出来的都更丰富。虽然秋夜的明月能使我入清幽的境界,有时仍不免使我沉痛;虽然春天的流泉能使我有活泼的气概,有时仍不免有逝者不可复返的联想;虽然夏林的松风能使我有"羲皇上人"之感,然而仍不过足佐午睡的清梦而已。至于花卉之中,除了出水芙蓉傲霜残菊之外,很少能使我恋恋不舍的,虽然我并不是不恋它们,尤其花枝零落的时候,更不免有凋零之感。看罢,咏花的诗歌,有多少能出"花谢花飞"一派以外的。

雪,诚然,在我多经世事以后,也引起我一次的不好的联想。一次大雪的时候,我正高兴地跑出去赏雪,偶然撞进一家贫不能举火的人家,他们瑟缩震栗的状态,却不能不稍稍归咎于雪。我当时想:这么样珍珠似的颗粒,饥不可以为食;这么样软白的花絮,寒不可以为衣;天公下雪,虽然增添了不少诗人歌咏的资料、高士清赏的兴趣,同时也增加了穷人的愁苦,这似乎是美中不足。然而一转念间,似乎这种思想也过于唯物,"观音难救世间苦",何况于我们凡夫俗子?那天我将钱袋里少许的遗留倾给了那个人家,虽没有慈善的动机,却得了自己心地的安慰。从此以后,每次见雪,这回的感想也乘间而入,不免到脑里转一遭两遭,然而稚气童心都不容它久留,所以它的根据地极不稳固。

雪的确不免加添穷苦的小孩子一点寒意,然而穷苦小孩子也常常因为雪而得着自由,因为雪天父母是不很催孩子做事的。孩子得着了自由,往往一阵雪仗打得浑身发热,额角上冒出热气来,所以最穷苦的孩子也不厌恶雪,有时还很希望它的光临。

雪来了,污秽的大地也会变成洁白;雪来了,茅庐草舍也会变成水晶宫一样地好看。叶脱殆尽的枯枝因雪成了玉树一般的美丽,梅花会因着它的陪衬格外地有姿态,松树会因着它的映发格外地有英气。而且雪是最聪明的乖觉的,正乘着人们赏玩还未有尽兴的时候,它偷偷地就去了;它去了给人以深厚的余味与留恋,却不使人有若何的感伤。它的来也多是无声无臭,给人意料以外的快乐。至于它那下来时翩翩姗姗的飞舞,更非"撒盐空中"或"柳絮因风"所能拟其百一的。

自从到北方以后,自然界能够给予我的安慰诚然减少了。青翠的山,碧绿的水,明净的西湖,骇怒的钱塘潮,五云树色,六和铃语,禹穴的远暖,狮峰的跳脱,都尽够梦中的回想。就是一片血红的枫叶,也不是容易看见的。从前我的书本中总偶尔地夹着一两片红叶,有时在霜叶上随手题几个字,还可以寄给朋友们代替了圣诞的贺片,因为这个于我的确是可爱的,应当与好友一同欣赏。于今呢?"停车坐爱枫林晚,霜叶红于二月花",这样的美景到何处追寻?可爱的秋天的夕阳,不照在枫林上,减少了多少的渲染!这一切皆是我莫大的损失,这一切都是我相思的资料。

好了,莫大的损失,都可以取偿于雪了。南方诚然也有雪,然而哪里有这样地早!

当起床之后,窗外一望,是何等一片干净土?静悄悄的,白皑皑的,未经踏破的一片!

　　燕舫湖中岛上的孤松,秀韵之外,又抖擞着劲挺的精神。一湖碧水,数日前已变成玄冰,今晨忽地又是一个白玉环了。

　　局外的欣赏,不能满足童稚气的热烈的要求。"不入虎穴,不得虎子",不融化于自然界中,如何能领略自然,不化入雪中,还算是赏雪么? 这样的决心打破了清晨读陶诗的向例,踏步向燕舫湖中的雪上去了。燕舫之于西子,诚然有大巫小巫之别,在我平时的欣赏也不过慰情胜无,然而湖面踏雪,却不是西湖所能供给的。

　　童年稚龄,已随韶华春梦似的过去了;稚气童心,却依然存在。做雪人,打雪仗,已不是雪境中的玩意儿,雪景却仍然给我以快乐与安慰!

　　　　　　　　　　十五年①十二月六日,于燕大寒松室

---

　　① 指民国十五年,即 1926 年。

盼雪

◎张炜

　　一个无雪的冬天,会令人感到尴尬。该冷的时刻不冷,四季不再分明,大自然也写出了荒诞的一笔。

　　下雪吧,让洁白的绒毯铺盖大地,以这个节令独有的方式去温柔人心、安定人心。

　　雪花可以擦洗世界,所以你总是能够在雪后看到一方更加碧蓝的天空。一只狗走向原野,小鸟在落满雪粉的枝丫上悄立。大地恬然入睡,万物陷于默想。姑娘歌唱了,红色的围巾松松地包在头发上。你相信雪的下边是一片翠绿吗?紫色的地黄花儿将开放,墨绿的叶面上留着雪痕。一个洁净的干练的老人拄着拐杖走过,呼出了白气。那白气像他写出的一道诗行。他的头发也是银白的,他的黑呢大衣多么庄重。

　　老人缓缓地行走,拐杖提离地面。他走过的岁月中有多少个这样的冬天?不记得了。他只记得在雪地上、在雪松的后边,他第一次吻一个姑娘的情景。那时他们都年轻,厚厚的雪使他们的脚陷下去了。

　　雪的世界,一个多么适合思索和回忆、追忆和遐想的世界啊。浑浊的思绪被纯正了沉淀了,人心像伏下的白朵一样安静。我们的流逝时光,我们的没有留下痕迹的一串连一串的脉音,这时一齐涌到眼前耳畔。

河冰封锁了半条水流,雪缀在冰磴上。棕红色的羽毛细密光滑——一个多么神奇的长嘴鸟儿在那里啄着什么。谁能叫得上它的名字来?谁以前见过它吗?我们怎么没有更早地留意它?这真是一个错误。让我们被这一时的冲动指引着,去请教那些鸟类学家吧。多么美妙的冲动,发生在白雪皑皑的境界里。

你见过人们借助一副滑雪板飞速穿越的情景吗?那有多么帅气。还有,迷人的雪雕、娃娃们的同样稚拙的雪人……这一切奇迹都被白色的调子统领了、概括了。

人在最危急的时刻,在有了病痛的时刻,往往被抬进医院——那里有什么特征?那里会有一群群身着白色长衣、头戴白帽的人,有白色病床、白色被子……他们以这样的颜色挽留生命、唤起这个生命的记忆。白色究竟在多大程度上参与了缓解与诊治,又给了人多少安慰和信任呢?白色,白色,活动着、沉默着的白色……它与雪的联想,它与一个生命的关系的联想,就这样发生着。

大雪覆盖之下,种子接受庇护,在温湿的地方慢慢领悟。终有一个春天的来临,它萌发了。积蓄起的力量一直向上,挤成一片,越来越茁壮,充满了汁水。如果没有冬雪,就难以有这样的景象。大地一片荒凉,泥板龟裂,千里不毛,干燥焦躁浮躁,从树心到人心,希望变得越来越少。不是不想振奋,而是缺少借以振奋的那一切色彩、那一切真实的蓬勃的东西。

下雪吧,下雪吧。

可不巧的是我们又走进了一个无雪的冬天。

大雪哪去了呢?问爷爷们,他们也在摇头。大雪到底哪去了呢?如果连我们这个湿润的半岛上也缺雨少雪,其他大陆又怎么熬？下雪了，下雪了，下了浅浅一层，一脚踏出泥底，可怜人。下雪吧下雪吧，再让人骄傲地头戴翻皮帽走上一遭吧，再让真正的寒冷像过往的大雁一样降落一次吧。这样，我们就会知道，太阳和地球在挺好地运转，一个接一个的明天还将无有尽头。我们会信任时光、日月这一类永恒的东西，安然自如而不是匆忙慌促地去干手头的事情。

在这个干燥的、裸露着泥土的冬天里，人们不由得去追寻根底。不错，现代科学已经告诉了大家，人类对于大自然的无节制，严重地破坏掉了生态平衡，毁掉了正常的自然循环。因此我们要忍耐一个又一个无雪的冬天。空中烟尘弥漫，人们咳声不绝。仰望天空，立刻有一粒微尘落入眼内。只有雪朵才可以擦掉这么多的尘埃，而我们拿出家中千万片抹布也做不到。下雪吧，下雪吧。大雪是老天爷手里的抹布，它一会儿就能把天空擦得瓦蓝锃亮。

下雪吧。

1989 年 1 月

雪 的 话

◎羁索

天空的海,绿波与深红的太阳光相激射,发出很长条而速转的一种古铜色。并且浓绿中嵌着鲜红,如闪电的奔流,飞跃。

我站在山头,四山已全被雪盖了。天空的海渐渐弥漫,霎时,浓绿中已不见有鲜红,变紫,变赭,变黑,许久才变成苍黄。

大风卷着云,冷,无声无臭地,严严地压在宇宙上,这不知是日落、抑是黎明。

刚刚想伸完一个懒腰的死草,摇头四顾,看见白茫茫的叹了一口气,仍然睡了。这于它,不过一个较古怪的梦而已。几株冬青树,被雪驮了,几乎透不过气来。

溪水也不像平日的絮絮叨叨了,只洋洋地伸动,宛如夏日的懒蛇。几只喜鹊,在黄色的岩前飞来飞去,表现着很无聊的气息。我不喜欢老鸦,同时也不喜欢喜鹊,看到鸽子们装出的脸,尤其气愤了。何况渠们现在又瑟缩得古怪。

除了风在半天空呼号,发出低沉的声音,以外都寂然的,一切都已凝冻,在严冷中。不知为什么,山下爬来了几个枯柴似的野孩子。面庞冻得红红的,在溪边敲破一层薄冰。有的时常呵手,还有些鼻子上挂着小环,鼻涕流下来,就变成一颗圆珠。鱼,当然不是这样弄到的;螃蟹,在这种天气应当躲进深深的洞窟里,寻不出。

也不知他们吃了早饭没有,若是空肚子,那可好了! 我这样想着,坐上一块石头,看。

几对干枯的黑手,从溪旁搬起一些石头,垒成墙也似的东西来,大概是玩着造屋子的游戏了,很大的石头是搬不动的,然他们却掘去下面的泥土、碎石,想法子使它从斜坡上倒下来。几只小手,不时地掘着,呵着气。

轰! 一个大石倒下了,这是我耳中很稀罕的声音。他们一齐拍手了,打破了四山的寂静。大石头滚下去,打碎了许多小石头,碰出一些火花来,遥遥望去,仿佛荒冢里的青磷,飞扬四散。跟着石头下去的,有泻下的一股水。

不知为什么,我厌恶了。我不喜欢这种把戏了。这样的天气,他们还来弄这玩意儿,我讨厌,讨厌,讨厌。

他们还是笑着,呵着,掘着,堆着。

喏! 一个大石又将倒了。

我的怒气好似怪蟒在山腰里冲腾起来,我想毁灭,我想打碎,我恨极了,我搬起一个屋子大的石头,直向他们抛去,哗哗啦啦,他们的墙壁倒了? 这个陨星,使他们莫名其妙地倒了,血染在雪上,透着绯红,有的没有被打中,然而惊死了。

这顷刻的热闹——发喊,奔窜,流血——给我一个莫大的平安,咦,恺撒胜利了! 真的,也就马上完结。这班孩子们。

我很满意,满意到几乎忘记了自己。我知道那些血痕将被溪流淘去,躯体也将松散,由小河流入大河,由大河流到海,直到骨头中充满了泥沙,或被泡沫所依附而漂浮,或者经鲨鱼的一口。这些事,实在不须我费力。

喜鹊哑然地叫了。声音刚出尖喉,音波已被凝冻了。结果,比老鸦还难听,我发觉了,那只坏而丑的鸟,是在想替这班东西唱殡歌,或者,寻不出谷粒和肥美的小虫的时候,替这个事情落几滴闲泪。但是,不很好么? 音波已经冻凝了。这当然不为生物所爱听,这使我更欣然,这宇宙属我了。

岩石不知自什么时代起,生了些薛苔,黑的如炭,白的如硫黄,绿的如铜锈,大概也看过许多世事了。张着哑然的脸,兀自望着太空出神。我想:这东西不会有眼泪的,并且,眼泪又能反抗我么? 这使我满意,满意到几乎把自己都忘掉了。

天地依然是苍黄。冷,严严地压在宇宙上,我喜欢这雪笼罩的皎洁,我欣然自笑,如欣赏着一杯葡萄酒的绯红。

雪

风雪京畿道(节选)

◎杨朔

一 向胜利挺进

过了阳历年,朝鲜的气候变了,几天几夜飘风扬雪的山野白茫茫的一片,雪深处没到膝盖以上。一到傍晚,我们志愿军的战士望着漫天大雪却说:"又是个好天气!"

这种夜晚,飞机骚扰少,汉城道上,真是出奇地热闹。大路小路,朝鲜的大牛车咕隆咕隆响,从东北来的四套马胶皮大车吱吱撵过去,川流不息的大卡车轰隆轰隆闹的更欢,其中许多还涂着五角白星,显然是新缴获的。

阴历初八、九的月亮,虽说云遮雪掩,映得夜色也像拂晓一样清朗。你可以望见一支模糊的人影,老远闹嚷嚷的,从音节上也能辨出是中国话,也就可以猜出这是东北农民志愿组成的担架队。他们一色反穿着棉大衣,有的胡子上挂着冰雪,一路感叹着朝鲜农民被破坏的家园。

战斗的志愿军行列涌上来了。就是无数这样的人,睡土洞,吃炒面,冰天雪地,每人披着张白布单,从中国边境上把美国侵略者打得一个觔头又一个觔头,屁滚尿流败退下去。向大邱前进！向大田前进！这是他们进军的口号。我见过一支志愿军的炮兵，说的很有趣："过江(鸭绿江)以后，我们一次战斗也没参加。紧往前赶，总赶不上前方。"一位朝鲜人民军也说："中国志愿军一走一百多里，简直是机器呀！"我们战士行动的迅速，事实上已经把美国倚仗的机器打输了。

人流里出现了奇怪的队伍，每人背后拖着张耙犁，上边绑着很高的东西。战士们顶天真，永远不会忘记说笑话："同志啊，你们这是那来的驮骡队！"拉耙犁的当中有人笑道："别逗乐啦！我们从东北拉了上千里地，特意来慰劳你们的呀！"

山高雪厚，一辆卡车滑到路边大雪坎子里，爬不出来。后面开来朝鲜人民军的炮车，立时停住闸，炮兵从车上跳下来，一齐拥到那辆卡车旁边，嗨哟几声，把车推了出来，也不多言声，急匆匆地各自又开走了。

沿路放哨的人民军响了枪——敌机来了！敌机飞得齐小山顶高，翅膀子扇起地面的积雪，唰唰地扑到人脸上。一台卡车上的汽油桶打着了，火烧起来，司机党从可顾着救车，跳上去，想把汽油桶滚到雪地去。可是汽油桶被打了许多洞洞，油漏出来，转眼全车起了火。党从可的棉衣也烧了，浑身是火，手都烧肿了，看看没法，才滚一雪地里把身上的火滚灭。飞机一走，车马又像流水似的开动起来。这数不尽的人马车辆从不同的方向来，朝着一个方向涌去——往南，往南，向着汉城①，向着更大的胜利挺进。

_____

① 今首尔。

雪夜

——自传之一章

◎郁达夫

　　日本的文化,虽则缺乏独创性,但她的模仿,却是富有创造的意义的;礼教仿中国,政治法律军事以及教育等设施法德国,生产事业仿效欧美,而以她固有的那种轻生爱国,耐劳持久的国民性做了中心的支柱。根底虽则不深,可枝叶却长得极茂,发明发见等创举虽则绝无,而进步却来得很快。我在那里留学的时候,明治的一代,已经完成了它的维新的工作;老树上接上了青枝,旧囊装入了新酒,浑成圆熟,差不多丝毫的破绽都看不出来了;新兴国家的气象,原属雄伟,新兴国民的举止,原也豁荡,但对于奄奄一息的我们这东方古国的居留民,尤其是暴露己国文化落伍的中国留学生,却终于是一种绝大的威胁。说侮辱当然也没有什么不对,不过咎由自取,还是说得含蓄一点叫作威胁的好。

　　只在小安逸里醉生梦死,对圈了里夺利争权的黄帝之子孙,若要教他领悟一下国家的观念的,最好是叫他到中国领土以外的无论那一国去住上两三年。印度民族的晓得反英,高丽民族的晓得抗日,就因为他们的祖国,都变成了外国的缘故。有智识的中上流日本国民,对中国留学生,原也在十分地笼络;但笑里藏刀,深感着"不及错觉"的我们这些神经过敏的青年,胸怀那里能够坦白到像现在当局的那些政治家一样;至于无智识的中下流——这一流当然是国民中的最大多数——大和民种,则老实不客气,在态度上言语上举动上处处都直叫出来在说:"你们这些劣等民族,亡国贱种,到我们这管理你们的大日本帝国来做什么!"简直是最有成绩的对于中国人使了解国家观念的高等教师了。

是在日本,我开始看清了我们中国在世界竞争场里所处的地位;是在日本,我开始明白了近代科学——不问是形而上或形而下——的伟大与湛深;是在日本,我早就觉悟到了今后中国的运命,与夫四万万五千万同胞不得不受的炼狱的历程。而国际地位不平等的反应,弱国民族所受的侮辱与欺凌,感觉得最深切而亦最难忍受的地方,是在男女两性,正中了爱神毒箭的一刹那。

日本的女子,一例地是柔和可爱的;她们历代所受的,自从开国到如今,都是顺从男子的教育。并且因为向来人口不繁,衣饰起居简陋的结果,一般女子对于守身的观念,也没有像我们中国那么地固执。又加以缠足深居等习惯毫无,操劳工作,出入里巷,行动都和男子无差;所以身体大抵总长得肥硕完美,绝没有临风弱柳,瘦似黄花等的病貌。更兼岛上火山矿泉独多,水分富含异质,因而关东西靠山一带的女人,皮色滑腻通明,细白得像似瓷体;至如东北内地雪国里的娇娘,就是在日本也是雪美人的名称,她们的肥白柔美,更可以不必说了。所以谙熟了日本的言语习风,谋得了自己独立的经济来源,撌别了血族相连的亲戚弟兄,独自一个在东京住定以后,于旅舍寒灯的底下,或街头漫步的时候,最恼乱我的心灵的,是男女两性间的种种牵引,以及国际地位落后的大悲哀。

两性解放的新时代，早就在东京的上流社会——尤其是智识阶级，学生群众——里到来了。当时的名女优像衣川是雀、森川律子辈的妖艳的照相，化妆之前的半裸体的照相，《妇女画报》上淑女名姝的记载，东京闻人的姬妾的艳闻等等，凡足以挑动青年心理的一切对象与事件，在这一个世纪末的过渡时代里，来得特别地多，特别地杂。伊孛生的问题剧，爱伦凯的恋爱与结婚，自然主义派文人的丑恶暴露论，富于刺激性的社会主义两性观，凡这些问题，一时竟如潮水似的杀到了东京，而我这一个灵魂洁白、生性孤傲、感情脆弱、主意不坚的异乡游子，便成了这洪潮上的泡沫，两重三重地受到了推挤、涡旋、淹没，与消沉。

　　当时的东京，除了几个著名的大公园，以及浅草附近的娱乐场外，在市内小石川区的有一座植物园，在市外武藏野的有一个井之头公园，是比较高尚清幽的园游胜地；在那里有的是四时不断的花草，青葱欲滴的列树，涓涓不息的清流，和讨人欢喜的驯兽与珍禽。你若于风和日暖的春初，或天高气爽的秋晚，去闲行独步，总能遇到些年龄相并的良家少女，在那里采花，唱曲，涉水，登高。你若和她们去攀谈，她们总一例地来酬应；大家谈着，笑着，草地上躺着，吃吃带来的糖果之类，像在梦里，也像在醉后，不知不觉，一日的光阴，会箭也似的飞度过去。而当这样的一度会合之后，有时或竟在会合的当中，从欢乐的绝顶，你每会立时掉入到绝望的深渊底里去。这些无邪的少女，这些绝对服从男子的丽质，她们原都是受过父兄的熏陶的，一听到了弱国的支那两字，哪里还能够维持她们的常态，保留她们的人对人的好感呢？支那或支那人的这一个名词，在东邻的日本民族，尤其是妙年少女的口里被说出的时候,听取者的脑里心里,会起怎么样的一种被侮辱、绝望、悲愤、隐痛的混合作用,是没有到过日本的中国同胞,绝对地想象不出来的。

在东京第一高等学校的预科里住满了一年,像上面所说过的那种强烈的刺激,不知受尽了多少次,我于民国四年(一九一五乙卯)的秋天,离开东京,上日本西部的那个商业都会名古屋去进第八高等学校的时候,心里真充满了无限的悲凉与无限的咒诅;对于两三年前曾经抱了热望,高高兴兴地投入到她怀里去的这异国的首都,真想第二次不再来见她的面。

名古屋的高等学校,在离开街市中心有两三里地远的东乡区域。到了这一区中国留学生比较地少的乡下地方,所受的日本国民的轻视虐待,虽则减少了些,但因为二十岁的青春,正在我的体内发育伸张,所以性的苦闷,也昂进到了不可抑止的地步。是在这一年的寒假考考了之后,关西的一带,接连下了两天大雪。我一个人住在被厚雪封锁住的乡间,觉得怎么也忍耐不住了,就在一天雪片还在飞舞着的午后,踏上了东海道线开往东京去的客车。在孤冷的客车里喝了几瓶热酒,看看四面并没有认识我的面目的旅人,胆子忽而放大了,于到了夜半停车的一个小驿的时候,我竟同被恶魔缠附着的人一样,飘飘然跳下了车厢。日本的妓馆,本来是到处都有的;但一则因为怕被熟人的看见,再则虑有病毒的纠缠,所以我一直到这时候为止,终于只在想象里冒险,不敢轻易地上场去试一试过。这时候可不同了,人地既极生疏,时间又到了夜半;几阵寒风和一天雪片,把我那已经喝了几瓶酒后的热血,更激高了许多度数。踏出车站,跳上人力车座,我把围巾向脸上一包,就放大了喉咙叫车夫直拉我到妓廓的高楼上去。

受了龟儿鸨母的一阵欢迎，选定了一个肥白高壮的花魁卖妇，这一晚坐到深更，于狂歌大饮之余，我竟把我的童贞破了。第二天中午醒来，在锦被里伸手触着了那一个温软的肉体，更模糊想起了前一晚的痴乱的狂态，我正如在大热的伏天，当头被泼上了一身冰水。那个无智的少女，还是袒露着全身，朝天酣睡在那里；窗外面的大雪晴了，阳光反射的结果，照得那一间八席大的房间，分外地晶明爽朗。我看看玻璃窗外的半角晴天，看看枕头边上那些散乱着的粉红樱纸，竟不由自主地流出来了两条眼泪。

"太不值得了！太不值得了！我的理想，我的远志，我的对国家所抱负的热情，现在还有些什么？还有些什么呢？"心里一阵悔恨，眼睛里就更是一阵热泪；披上了妓馆里的缊袍，斜靠起了上半身的身体，这样的悔着呆着，一边也不断地暗泣着，我真不知坐尽了多少的时间；直到那位女郎醒来，陪我去洗了澡回来，又喝了几杯热酒之后，方才回复了平时的心状。三个钟头之后，皱着长眉，靠着车窗，在向御殿场一带的高原雪地里行车的时候，我的脑里已经起了一种从前所绝不曾有过的波浪，似乎在昨天的短短一夜之中，有谁来把我全身的骨肉都完全换了。

"沉索性沉到底罢！不入地狱，哪见佛性，人生原是一个复杂的迷宫。"

这就是我当时混乱的一团思想的翻译。

1936 年 1 月末日

雪
夜

雪夜

◎石评梅

北京城落了这样大这样厚的雪，我也没有兴趣和机缘出去鉴赏，我只在绿屋给受伤倒卧的朋友煮药煎茶。寂静的黄昏，窗外飞舞着雪花，一阵紧似一阵，低垂的帐帷中传出的苦痛呻吟，一声惨似一声！我黑暗中坐在火炉畔，望着药壶的蒸汽而沉思。

如抽乱丝般的脑海里，令我想到关乎许多雪的事，和关乎许多病友的事，绞思着陷入了一种不堪说的情状；推开门我看看雪，又回来揭起帐门看看病友，我真不知心境为什么这样不安定而彷徨。我该诅咒谁呢？是世界还是人类？我望着美丽的雪花，我赞美这世界，然而回头听见病友的呻吟时，我又诅咒这世界。我们都是负着创痛倒了又扎挣，倒了又扎挣，失败中还希冀胜利的战士，这世界虽冷酷无情，然而我们还奢望用我们的热情去温暖，这世界虽残毒狠辣，而我们总祷告用我们的善良心灵去改换。如今，我们在战线上又受了重创，我们微小的力量，只赚来这无限的忧伤！何时是我们重新扎挣的时候，何时是我们战胜凯旋的时候？我只向熊熊的火炉祷祝他给予我们以力量，使这一剂药能医治我病友，霍然使她能驰驱赴敌再扫阴霾！

黄昏去了，夜又来临，这时候瑛弟踏雪来看病友，为了人间的烦恼，令他天真烂漫的面靥上，也重重地罩了愁容，这真是不幸的事。不过我相信一个人的生存，只是和苦痛搏战，这同时也是一件极平淡而庸常无奇的事吧！我又何必替众生来忏悔？

给她吃了药后，我才离开绿屋，离开时我曾想到她这一夜辗转哀泣的呻吟，明天朝霞照临时她惨白的面靥一定又瘦削了不少！爱怜，同情，我真不愿再提到了，罪恶和创痛何尝不是基于这些好听的名词，我不敢诅咒人类，然而我又何能轻信人类；所以我在这种情境中，绝不敢以这些好听的名词来布恩于我的病友；我只求赐她以愚钝，因为愚钝的人，或者是幸福的人，然而天又赋她以伶俐聪慧以自戕残。

出了绿屋我徘徊在静白的十字街头了，这粉妆玉琢的街市，是多么幽美清冷值得人鉴赏和赞美！这时候我想到荒凉冷静的陶然亭，伟大庄严的天安门，萧疏辽阔的什刹海，富丽娇小的公园，幽雅闲散的北海，就是这热闹闹多忙的十字街头，也另有一种雪后的幽韵，镇天被灰尘泥土蔽蒙了的北京，我落魄在这里许多年，四周只有层层黑暗的网罗束缚着，重重罪恶的铁闸紧压着，空气里那样干燥，生活里那样枯涩，心境里那样苦闷，更何必再提到金迷沉醉的大厦外，啼饥号寒的呻吟。然而我终于在这般梦中惊醒，睁眼看见了这样幽美神妙的世界，我只为了一层转瞬即消逝的雪幕而感到欣慰，由欣慰中我又发现了许多年未有的惊叹，纵然是只如磷火在黑暗中细微的闪烁，然而我也认识了宇宙尚有这一刹那的改换和遮蔽，我希望，我愿一切的人情世事都有这样刹那的发现，改正我这对世界浮薄的评判。

过顺治门桥梁时，一片白雪，隐约中望见如云如雾两行挂着雪花的枯树枝，和平坦洁白的河面。这时已夜深了，路上行人稀少，远远只听见犬吠的声音，和悠远清灵的钟声。沙沙地我足下践踏着在电灯下闪闪银光的白雪，直觉到恍非人间世界。城墙上参差的砖缘，披罩着一层一层的白雪，抬头望：又看见城楼上粉饰的雪顶，和挂悬下垂的流苏。底下现出一个深黑的洞，远望见似乎是个不堪设想的一个恐怖之洞门。我立在这寂静的空洞中往返回顾而踟蹰，我真想不到扰攘拥挤的街市上，也有这样沉寂冷静时候。

过了宣武门洞，一片白地上，远远望见万盏灯火，人影蠕动的单牌楼，真美，雪遮掩了一切污浊和丑恶。在这里是十字街头了，朋友们，不少和我一样爱好雪的朋友们，你们在这清白皎洁的雪光下，映出来的影子，践踏下的足踪，是怎么光明和伟大！今夜我投身到这白茫茫的雪镜中，我只照见了自己的渺小和阴暗，身心的四周何尝能如雪的透明纯洁；因为雪才反映出我自己的黑暗和污浊，我认识自己只是一个和罪恶的人类一样的影子，我又哪能以轻薄的心理去责备人类，和这本来不清明的世界呢！朋友！我知所忏悔了！

爱恋着雪夜，爱恋着这刹那的雪景，我虽然因夜深不能去陶然亭、什刹海、北海公园，然而我禁不住自己的意志，我的足踪忽然走向天安门。过西安门饭店的门前时，看见停着的几辆汽车，上边都是白雪，四轮深陷在雪里，黑暗的车厢中有蜷伏着的人影，高耸的洋楼在夜的云霄中扑迎着雪花，一盏盏的半暗的电灯下照出门前零乱的足痕，我忽然想起赖婚中的一幕来，这门前有几分像呢！

走向前，走向前，丁丁当当的电车过去了，我只望着它车轮底的火花微笑！我骄傲，我是冒着雪花走向前去的，我未曾借助于什么而达到我的目的，我只是走向前，走向前。

进了西长安街的大森林，我远远看见天边四周都现着浅红，疏疏的枝丫上堆着雪花，风过处纷纷地飞落下来，和我的眼泪滴在这地上一样。过这森林时我抱着沉重的怆痛，我虽然能忆起往日和君宇走过时的足踪在哪里，但我又怎敢想到城南一角黄土下已埋葬了两年的君宇，如今连梦都无。

　　过了三门洞，呵！这伟大庄严的天安门，只有白，只有白，只有白，漫天漫地一片皆白，我一步一步像拜佛的虔诚般走到了白石桥梁下，石狮龙柱之前，我抬头望着红墙碧瓦巍然高耸的天安门，我怪想着往日帝皇的尊严，和这故宫中遗留下的荒凉。踏上了无人践踏的石桥，立在桥上远望灯光明灭的正阳门，我傲然地立了多时，我觉着心境逐渐地冷静沉默，至于无所兴感。这又是我的世界，这如梦似真的艺术化的世界。下了桥我又一直向前去，那新栽的小松上，满缀了如流苏似的雪花，一列一列远望去好像撑着白裙的舞女。前面有一盏光明的灯照着，我向前去了几步，似乎到了中山先生铜像基础旁便折回来。灯光雪光照映在我面上，这时我觉心地很洁白纯真，毫无阴翳遮蔽，因为我已不是在这世界上，我脱了一切人间的衣裳，至少我也是初来到这世界上。

　　我自己不免受人间一切翳蒙，我才爱白雪，而雪真能洗涤我心灵至于如雪冷洁；我还奢望着，奢望人间一切的事物和主持世界的人类，也能给雪以洗涤的机会，那么，我相信比用血来扑灭反叛的火焰还要有效！

1927 年 1 月 14 日雪夜

雪夜

◎毕基初

雪之夜里有玉饰的冷梦,不幸人的梦里也失掉阳光外的温暖之意的幸福。

有客带着一身异乡雪和陈旧的记忆来探询;主客闲话风尘沧桑中,雪乃感激融为泪水,滴落于青衫上。久久,泪又凝为冰,不由叹息于人情的炎凉和无常了。

客人来时,从迢远的来路留下一行足迹,是罪恶或幸福,等到客人去时,则已无从寻见过去的罪恶或幸福的遗痕。梦里,客人也就迷茫于风雪中。相识复相忘,记忆原无补于人,徒落下了空白的谜,使有限的年月倒负了无数说不清的记忆的重累。

冷梦里更有冷艳的故事,那是夜间访客的遗赠,但空白太多,不复记忆了。

——每夜都有不祥的梦,不幸的人连梦里的幸福都得不到。

——你不幸的人,请接受比你更不幸的人的祝福。

檐前的冰柱是谁的悲哀?灯下拿起笔告诉远方行人的雪落消息,可是寄回的邮简却说有江南雨,于是失笑自己的痴妄,悲哀是自己的呢。

春雪

◎孙福熙

　　我之所以久留北京者,想看北京的雪是一大原因。在南方,天气太热,或者一年竟没有雪的,有时,下着积不起来,而且常常下不多厚,被雨水冲去了。因此我愿在多雪而雪不易消融的北京等候他。可是,等候着,等候着,我爱的雪还是没有来。上海的来信说已在下雪了,北京还没有;甚且里昂人见雪的消息也已送到了,北京还是没有雪。我虽不能精密地解析,我相信,我在北京的怠惰,就是这种失望造成的。

　　前几天,日光骤然地骄红了,春风跟着鼓舞,好在风筝来得热闹,我决计抛弃对于雪的想望,全副精神地等待春色了。

　　春的第一声是梅花报来的,他在铁劲的骨格上化出轻飘的花瓣,活的珊瑚似的放射他的生命。日光柔抚他,春风滋养他,一朵又一朵,一枝又一枝地培植得春光十分的热闹。如此鼓舞,又如此勉力,一秒之间也显得极大的滋长,你看,等花影投到花房壁上,花的本身又有几朵新开了。

　　真是不及料的,当我欣赏春色的时候,我爱而又久待的雪到来了。

　　我到中华门面前,大的石狮上披着白雪,老年人怕雪而披雪兜,他却因爱雪而披上雪做的兜。他张了嘴不绝地笑,谁说只有小孩是爱雪的?乌鸦们尽在树上乱喊,我知道,他们是没有吃的了,然而他们看了这公平的分与大众的洁白,他们诚心的快乐,与他人一样。人们就从此颂祝雪后快来春日,再与乌鸦一同去欢迎。

2 月 17 日

飞雪

◎萧红

是晚间，正在吃饭的时候，管门人来告诉：

"外面有人找。"

踏着雪，看到铁栏栅外我不认识的一个人，他说他是来找武术教师。那么这人就跟我来到房中，在门口他找擦鞋的东西，可是没有预备那样完备。表示着很对不住的样子，他怕是地板会弄脏的。厨房没有灯，经过厨房时那人为了脚下的雪差不多没有跌倒。

一个钟头过去了吧！我们的面条在碗中完全凉透他还没有走，可是他也不说"武术"究竟是学不学，只是在那里用手帕擦一擦嘴，揉一揉眼睛，他是要睡着了！我一面用筷子调一调快凝住的面条，一面看着他把外衣的领子轻轻地竖起来，我想这回他一定是要走。然而没有走，或者是他的耳朵怕受冻用皮领来取一下暖，其实无论如何在屋里也不会冻耳朵，那么他是想坐在椅子上睡觉吗？这里是睡觉的地方？

结果他也没有说"武术"是学不学，临走时他才说：

"想一想……想一想……"

常常有人跑到这里来想一想，也有的人第二次他再来想一想。立刻就决定的人一个也没有，或者是学，或者是不学。看样子当面说不学，怕人不好意思，说学又总觉得学费不能再少一点吗？总希望武术教师把学费自动地减少一点。

我吃饭时很不安定，替他挑碗面，替自己挑碗面，一会又剪一剪灯花，不然蜡烛颤索得使人很不安。

两个人一句话也不说。对着蜡烛吃着冷面，雪落得很大了！出去倒脏水回来，头发就是湿的。从门口望出去，借了灯光，大雪白茫茫一刻就要倾满人间似的。

郎华披起才借来的夹外衣到对面的屋子教武术。他的两只空袖口没进大雪片中去了。我听他开着对面那房子的门。那间客厅光亮起来。我向着窗子，雪片翻倒倾忙着，寂寞并且严肃的夜围临着我，终于起着咳嗽关了小窗。找一本书，读不上几页又打开小窗，雪大了呢？还是小了？人在无聊的时候，风雨，总之一切大象会引起注意米。雪飞得更忙迫，雪片和雪片交织在一起。

很响的鞋底打着大门过道，走在天井里鞋底就减轻了声音。我知道是汪林回来了。那个旧日的同学，今日我没能看见她穿的是中国衣裳或是外国衣裳，她停在门外的木阶上在按铃，小使女，也就是小丫鬟开了门，一面问：

"谁？谁？"

"是我你还听不出来！谁？谁？"她有点不耐烦，小姐们有了青春更骄傲，可是做丫鬟的一点也不知道这个。假若不是落雪一定能看到那女孩是怎样无知地把头缩回去。

又去读读书，又来看看雪，读了很多页了，但什么意思呢？我也不知道。因为我心只记得：落大雪天，就转寒，那么从此我不能出屋子吧？郎华没有皮帽，他的衣裳没有皮领，耳朵一定要冻伤的吧！

在屋里，只要火炉生着火，我就站在炉边，或者更冷的时候我还能坐到铁炉板上去把自己煎一煎。若没有木桩我就披着被坐在床上，一天不离床，一夜不离床，但到外边可怎么能去呢？披着被上街吗？那还可以吗？

我把两只脚伸到炉腔里去，两腿伸得笔直，就这样在椅子上对着炉门看书；哪里看书，假看，无心看。

郎华一进门就说："你在烤火腿吗？"

我问他："雪大小？"

"你看这衣裳！"他用面巾打着外套。

雪，带给我不安，带给我恐怖，带给我终夜各种不舒适的梦……一大群小猪沉下雪坑去……麻雀冻死在电线上，麻雀虽然死了仍挂在电线上。行人在旷野白色的大树林里一排一排地僵直着，还有一些把四肢都冻丢了。

这样的梦以后，但总不能知道这是梦，渐渐明白些时，才紧抱住郎华，但总不能相信这不是真事。我说：

"为什么要做这样的梦？照迷信来说，这可不知怎样？"

"真糊涂，一切要用科学方法来解释，你觉得这梦是一种心理，心理是从哪里来的？是物质的反映。你摸摸你这肩膀冻得这样凉，你觉到肩膀冷，所以你做那样的梦！"很快地他又睡去，留下我觉得风从棚顶，从床底都会吹来，冻鼻头，又冻耳朵。

夜间大雪不知落得怎样了！早晨起来，一定会推不开门吧！记得爷爷说过：大雪的年头小孩站在雪里露不出头顶……风不住扫打窗子，小狗在房后哽哽地叫……

从冻又想到饿，明天没有米了。

雪

春雪

◎刘白羽

　　入春以来，接连下了几场大雪。每次看到这一片白茫茫的世界，心头总涌出无限欣喜，是的，这是八十年代第一个春天的雪啊！

　　我生长北国，从来爱雪。少年喜诵的"自嫌诗少幽燕气，故向冰天跃马行"的诗句，至今记忆犹新。鲁迅对北地和江南的雪，作了精细入微的描写："江南的雪，可是滋润美艳之至了"，而"朔方的雪花在纷飞之后，却永远如粉，如沙，他们绝不粘连，洒在屋上，地上，枯草上"。不过我觉得这里写的北方的雪是冬雪。至于北方的春雪，我倒觉得颇有江南雪意呢！旧历正月初三那头一场春雪不就是这样吗？我住在高楼上，从窗上望出去，阳台栏栅上堆积着厚绒绒一层雪是那样湿润滋融，带来清新的春的消息。天晴气朗，从我这窗口，可一目望到苍翠的西山。而这一天，北京城一片洁白，一望无际、鳞次栉比的积雪的屋脊，黑白相间，构成一幅十分别致的画，好看极了。

　　这春雪，引起我喜悦，引起我深思。我静静仁立窗前久久凝望，我想起我一生中难忘的几场春雪。

　　在延安搞大生产的那个早春，那是如何艰苦而雄伟的大时代呀！我们为了战胜饥饿，为了把火与血的战斗进行下去，但等天暖,我们就要放火烧山、开荒下种。恰恰在这时候,一场大雪忽然从空中飘飘扬扬洒落下来,喜得我奔出窑洞,用炽热的两颊,迎接冰冷的雪花。我写了一篇小文章,题目记不清了,好像是落雪的晚上,其中有这样的意思:雪,一点一滴深深渗入土地,滋润着种子,让它早日发芽。我现今还记得那年的春朝,曙光微放,延安山岭上,这里,那里,一行行蜿蜒蠕动的人影,然后,飞扬的锄头,挥洒的汗水,令人真正体会到"劳动人民创造新世界"的快感。

已近三月末,早该下雨,谁知今早起来一看,又是一场好雪。大概因为温度上升,雪花都粘连在树身上,远远近近的树木,有如一丛丛雪白的白珊瑚,好看得很。这雪树使我想起另一段艰苦而雄伟的生活,那是东北解放战争最困难的时候。松花江边,二三月还是满天风雪。雪深没膝,行军人,一脚拔上来,一脚陷下去,尽管是零下四十度的严寒,由于艰难跋涉,却还一身热汗淋漓。但一眼看见东北人叫作"树挂"的奇景,一株株树从树身到每一纤细枝条,都像冰雪精雕细刻出来的,晶莹婀娜,不禁从心头掠过一阵惊喜。我就带着这美的心境穿过风雪,走进硝烟,这又是何等英雄而豪迈的生活啊!

今年,八十年代第一春,这几场大雪自与往昔不同了。但是,历史的脚步,却静悄悄而又坚实实地从遥远深处走来,把往昔和今日紧密相联。正因如此,那艰苦岁月的春雪,赋予今日的春雪以无限深情。如果说有什么不同,那就是时代不同了。那时,我们从黑暗旧世界中用鲜血与生命博取光明;今天,我们迈进一个大时代的门坎,走向新的长征,要以更坚毅的力量去博取更大的光明。从一个战场走上另一个战场,这就是我们的历史的延续与伸展。"忘记过去就意味着背叛",这话说得多好呀！我们是为了纪念过去而迎接明天。对于创造未来的人来说,他懂得他是多么需要往昔那种披荆斩棘、开荒辟莽的精神的,这样想时,我又听到开荒的歌唱,又听到火线的雷鸣。

这几场雪,一次比一次更接近温暖的阳春。我想起我失去自由时,默诵过咏春的诗:"几番朝日几黄昏,快雪明雷最断魂"。就在那铁栏栅里,我心灵上还是微微地颤动着自由翱翔的翅膀啊！眼看这簌簌的雪花,把几十年的情愫一下串在一起。这纷纷扬扬的雪花啊,它,似乎在催着我飞马扬鞭,冲击向前。

我静静地凝视着,这春雪啊,一点动静也没有,绵绵落了一夜,又绵绵落了一天,这雪多么洁白纯净,如花似玉,但是没有让我沉醉,却使我亢奋。从我的经历、我的性格,我是更爱暴风雪的。正如鲁迅所写:"……旋风忽来,便蓬勃地奋飞,在日光中灿烂地生光,如包藏火焰的大雾,旋转而且升腾,弥漫太空,使太空旋转而且升腾地闪烁。……"这是怎样的豪情,怎样的奔放。谁料今天下午,当我从窗口望着白杨树林,我却给一种天工造化、神妙奇绝的景象所惊住。原来,白杨树身、树枝上融化得发湿发黑,已经静悄悄地长出梢头的茸茸嫩蕊上却沾着雪,像千千万万点洁白的花,那样密,那样美。一刹那间,我仿佛到了苏州的香雪海,看见千树万树的白梅。今天,只有今天,这绵密的春雪,使我竟暂时忘记了我心头上呼啸的暴风雪,使我更加深沉地喜爱起春雪来了。古语:"瑞雪兆丰年。"而这八十年代第一个春天的雪,不是为八十年代、为新长征,带来美好的预感了吗？……没一点风,我静静走到一株高大的白杨树下,一片积雪,又一片积雪,从树顶上扑突一响,扑突一响,坠落下来,立刻溶入潮湿的黑土。我忽然想起:"落红不是无情物,化作春泥更护花。"当然,用落花比拟雪花很不确切,可是,以生命肥沃着大地的雪花,不正在催发着即将开放的春花吗!?

初雪

◎尉天骢

　　儿子冒着初冬的湿冷从外面回来。他说："买了张CD,要不要听?"我还没有回答,CD的声音已经散播开来,是爵士乐的小喇叭,单调而低沉,好像从地层中缓缓地滋生开来的。

　　"是阿姆斯壮吗?"

　　"不是。是 My One & Only Love。"

　　"不管是阿姆斯壮还是别人,都不重要。重要的是:它使我想起一个人,一个夜晚;而且这声音流动出来的舒缓,应该是属于中年以上的人,无所追求、无所依托的中年人……"

　　"那应该是谁呢?"

　　"一个人,一个夜晚,一段共有寂寞的岁月。——那是1973年的冬天,在艾荷华,一个美国中部的小城;那时候,你还没有出生。"

　　"是不是梯拉葛拉将?"

　　"你怎么知道?"

　　"你不是说过好多次了吗?"

　　1973年,我和梯拉葛拉将都被美国艾荷华大学的国际写作中心邀去作将近一年的访问,一起住在艾荷华的五月花公寓。和我们一起去的还有一些别的国家的作家;大家先后在九月左右到达。那时艾荷华的枫叶正红得耀眼,红红地把每个人的孤独燃烧了起来。等过了感恩节,到了圣诞节前后,这座大学城开始冷清起来。大部分学生放假走了,所有的树几乎都落了叶子,只有少数几只松鼠在枝丫间跳过来跳过去。在这样的季节,很多作家纷纷到大都市旅游去了,我和梯拉葛拉将哪里也不想去,就继续留在五月花。他是印度东部的作家,居住的地方离斯里兰卡很近,用的也是相同的语言。由于那一带非常贫困,又常年苦热,所以一般人民多以素食为主;这宿命论式的素食习惯与美国式的生活习惯,便造成他的种种不能适应。他常常思念他的故乡,而一讲起故乡的贫穷,他就止不住地流露着浓厚的凄然和无奈。很多落后国家来的作家,到了美国以后,常想尽办法留下来,不再回去。我问梯拉葛拉将为什么不学他们,他摇摇头叹息着说:"我做不了波西米亚人,我割舍不下我的妻子和儿女;我的根扎在印度已经到了拔不出来的地步……"

梯拉葛拉将人很瘦,棕黄的皮肤里面,骨骼突出得像个不折不扣的罗汉,或者更具体地说,像是佛传里的鸠摩罗什;而所以这样说,主要是他两只眼睛沉静得像千年老井的井水。他不多说话,几乎每天都来到我房中闲坐,有时是相对无语而又两不相忘地对坐着,只有炉子上茶壶中冒出的水汽让人感到人间的气息。我们住的公寓都是同一格局的小套房,挨着厨房有一小厅,厅中有一张长木桌,两排长木椅,是我们经常作息的所在。我和梯拉葛拉将住在第八层的所谓顶楼,从窗子望出去,可以望见四处的树丛。我们常一块喝茶,一块谈天,有一次谈到《西游记》,他竟然天真地大笑了起来。平日无聊的时候,我们常一块下楼去,到树丛那一边的保罗·安格尔家去,他们夫妇是邀请我们前来访问的主人。现在他们也度假去了。随着突然而来的沉寂,整个世界似乎都回到了原初的洪荒,这时我们唯一盼望的,便是雪的降临。初来美国,我曾对梯拉葛拉将感叹说:"差不多快三十年,没有见过雪了!""我从来没见过雪,那到底是什么景象?"梯拉葛拉将回答说。

于是我们每天殷殷地盼望着。不巧的是,那一年雪季来得较迟。感恩节都过了好几天了,仍然没有雪的讯息。

"也许今年是一个没有雪的冬天吧!"我们都这样猜疑着。

大概是圣诞节那一天吧,整个下午都是阴沉沉的,友人说:这是晚来天欲雪的景象,于是我们都等待着。晚饭过后,梯拉葛拉将又来了。我泡了一杯茶给他,他淡淡地对我望了望,又把眼睛转向窗外。他忽然略带欣喜地说:"下雪了!"

"下雪了吗?"

我疑惑地回答着。一起望向窗外。雪真的下了,淡淡地,缥缥缈缈地,似乎整个艾荷华、整个世界都静止下来。

但是,我们听到了雪的脚步,像猫一样憩静的脚步。憩静而又让人徐徐感到温暖,温暖得有一缕缕无可言说的情绪,在四周蔓长出来。我们听到雪的脚步,就好像听到我们的头发滋长的声音。

"下雪了!"他说。

"下雪了!"我回答说。

过了一阵,我对梯拉葛拉将说:"要听音乐吗?"

他点点头。其实我们没有音乐,有的只是一卷录音带,是一位朋友回国去,暂时寄存在我这里的。我打开录音带,声音游荡开来,是姚苏蓉的老歌。而且有一个很庸俗的曲名:《负心的人》。即使如此,那种孤单、无奈、哀怨所郁结而成的、无可诉说而又不能不迸发出来的嘶喊,却把梯拉葛拉将和我层层地捆绑住了。

梯拉葛拉将向我问起有关姚苏蓉的事,我无法回答,因为姚苏蓉对我而言,实在是太陌生了。然而这陌生,却在一个异国的、飘着初雪的夜晚,把彼此的心融合在一起了。在这样的融合中,什么界限,甚至于俗与不俗都在不知不觉中完全消融掉了。

记得八二三金门炮战的下一年,我带着一班兵驻防在小金门的海边。那时金门还是一片黄土,比沙漠更寂寞的黄土,比奴美尔将军争夺下的北非更让人感受到死亡。我们守在海边,每晚让口令把守每个人生与死的通道。手头的几本破书已引不起翻阅的兴趣,于是在阴湿的碉堡中,每天只好守着一张极平常的电影明星海报,来打发日子。这海报越看越俗气,越看越俗气,而不知道是哪一天,这俗气忽然把心灵的某种冲动撕裂开来,于是那俗气竟然从每个人的心中蜕变开来,成为一种温暖。而从那时起,勤务兵每天都诚诚恳恳地擦拭海报上的尘土……

而同样地,就在这样一个落雪的夜晚,我和梯拉葛拉将竟在一个不熟悉的声音中,同样进入了一个真正属于自己的世界。还记得在那无眠的夜里,我们还同时接近了阿姆斯壮。那是阿姆斯壮的小喇叭,单调而低沉,好像从大地里滋长出来,又淡淡地回到大地去。

"下雪了!"他说。

"下雪了!"我回答着。

在小喇叭的回旋而又回旋中,这世界竟然就这样温适地凝结在一起了。在凝结中,我和梯拉葛拉将像两座石头,一直对坐到将近天明的时分。

今天不知怎么样,忽然想起梯拉葛拉将,同时也想起韦应物的一首诗:

> 今朝郡斋冷,
>
> 忽念山中客。
>
> 涧底束荆薪,
>
> 归来煮白石。
>
> 欲持一瓢酒,
>
> 远慰风雨夕。
>
> 落叶满空山,
>
> 何处寻行迹?

我真希望有人碰到他,并把这首诗译给他听。

雪晴

◎沈从文

竹林中一片斑鸠声,浸入我迷蒙意识里。一切都若十分陌生又极端荒唐。这是我初到"高枧"地方第二天一个雪晴的早晨。

我躺在一铺楠木雕花大板床上,包裹在带有干草和干果香味的新被絮里。细白麻布帐子如一座有顶盖的方城,在这座方城中,我已甜甜地睡足了十个钟头。昨天在二尺来深雪中走了四五十里山路的劳累已恢复过来了。房正中那个白铜火盆,昨夜用热灰掩上的炭火,不知什么时候已被人拨开,加上了些新栗炭,从炭盆中小火星的快乐爆炸继续中,我渐次由迷蒙渡到完全清醒。我明白,我又起始活在一种现代传奇中了。

昨天来到这里以前,几个人几只狗在积雪被覆的溪涧中追逐狐狸,共同奔赴蹴起一阵如云如雾雪粉,人的欢呼兽的低噪所形成一种生命的律动,和午后雪晴冷静景物相配衬,那个动人情景再现到我的印象中时,已如离奇的梦魇。加上初初进到村子里,从融雪带泥的小径,绕过了碾坊、榨油坊,以及夹有融雪寒意半涧溪水如奔如赴的小溪河迈过,转入这个有喜庆事的庄宅。在灯火煌煌笳鼓竞奏中,和几个小乡绅同席对杯,参加主人家喜筵的热闹,所得另外一堆印象,增加了我对于现实处境的迷惑。因此各个印象不免重叠起来。印象虽重叠却并不混淆,正如同一支在演奏中的乐曲,兼有细腻和壮丽,每件乐器所发出的每个音响,即使再低微也异常清晰,且若各有位置,独立存在,一一可以摄取。新发酵的甜米酒,照规矩连缸抬到客席前,当众揭开盖覆,一阵子向上泛涌泡沫的滋滋细声,却不曾被院坪中尖锐呜咽的唢呐声音所淹没。屋主人老太太,银白头发上簪的那朵大红山茶花,在新娘子十二幅大红绉罗裙照映中,也依然异样鲜明。还有那些成熟待年的女客人,共同浸透了青春热情黑而有光的眼睛,亦无不如各有一种不同分量压在我的记忆上。我眼中被屋外积雪反光形成一朵紫茸茸的金黄镶边的葵花,在荡动不居情况中老是变化,想把握无从把握,希望它稍稍停顿也不能停顿。过去印象也因之随同这个而动荡、鲜明、华丽,闪闪烁烁摇摇晃晃。

眼中的葵花已由紫和金黄转成一片金绿相错的幻画,还正旋转不已。

……筵席上凡是能喝的,都醉倒了。住处还远应走路的,点上火燎唱着笑着回家了。奏乐帮忙的,下到厨房,用烧酒和大肉丸子肥腊肉肿了脖子,补偿疲劳,各自方便,或抱了大捆稻草,钻进空谷仓房里去睡觉,或晃着火把,上油坊玩天九牌过夜去了,我自然也得有个落脚处。一家之主的老太太,站在厅堂前面,张罗周至地打发了许多事情后,就手抖抖地,举起一个芝麻秆扎成的火炬,准备引导我到一个特意为我安排好住处去。面前的火炬照着我,不用担心会滑滚到雪中,老太太白发上那朵大红山茶花,恰如另外一个火炬,使我回想起三十年前祖母辈分老一派贤惠能勤一家之主的种种。但是我最关心的,还是跟随我身后,抱了两床新装钉的棉被,一个年青乡下大姑娘,她好像一个火炬。我还不知道她是什么人。她原来在厅前灯光所不及处,和一个收拾乐器的乡下人说话,老太太在厅中问:"巧秀,巧秀,可是你?""是我!""是你,你就帮帮忙,把铺盖送到后屋里去。"于是三个人从先一时还灯烛煌煌笳鼓竞奏的正厅,转入这所大庄宅最僻静的侧院。两种环境的对照,以及行列的离奇,已增加了我对于处境的迷惑。到住处房中后,四堵白木板壁把一盏灯罩擦得清亮的美孚灯灯光聚拢,我才能够从灯光下,看清楚为我抱衾抱裯的一位面目。十七岁年纪,一双清亮的眼睛,一张两角微向上翘的小嘴,一个在发育中肿得高高的胸脯,一条乌梢蛇似的大发辫。说话时一开口即带点羞怯的微笑,关不住青春生命秘密悦乐的微笑。可是,事实上这时节她却一声不响,不笑,只静静站在那个楠木花板大床边,帮同老太太为我整理被盖。我站在屋正中火盆边,一面烘手,一面游目四瞩,欣赏房中的动静:那个似静实动的白发髻上的大红山茶花,似动实静的十七岁姑娘的眉目和四肢……那双清明无邪的眼睛,在这个万山环绕不上二百五十户人家的小村落中看过了些什么事情?那张含娇带俏的小嘴,到想唱歌时,应当唱些什么歌?还有那颗心,平时为屋后大山豺狼的长嗥声,盘在水缸边碗口大黄喉蛇的歇凉呼气声,训练得稳定结实,会不会还为什么新事情而剧烈跳跃?我难道还不愿意放弃作一个画家的痴梦?真的画起来,第一笔应捕捉眼睛上的青春光辉,还是应保持这个嘴角边的温情笑意?我还觉得有点不可解,整理床铺,怎么不派个普通长工来帮忙,岂不是大家省事?既要来,怎么不是一个人,还得老太太同来?等等就会走去,难道也必须和老太太两人一道走?倘若不,我又应当怎么样?这一切,对于我真是一份离奇的教育。我不由得不笑了。在这些无头无绪遐想中，我可说是来到乡下的"乡下人"。

我说，"对不起，对不起，我这客人真麻烦老太太！麻烦这位大姐！老太太实在过累了，应当早早休息了吧。"

从那个忍着笑代表十七岁年纪微向上翘的嘴角，我看出一种回答，意思清楚分明。

"哪样对不起？你们城里人就会客气。"

的确是，城里人就会客气，礼貌周到，然而总不甚诚实得体。好像这个批评当真是从对面来的，我无言可回，沉默了。

到两人为我把床铺整理好时，老太太就拍一拍那个绣有"长命富贵"的扣花枕帕的旧式硬枕，口中轻轻的近于祝愿的语气说："好好睡，睡到大亮再醒，不叫你你就莫醒！"且把衣袖中预藏的一个小小红纸包儿，悄悄地塞到枕头下去。我虽看见只装作不曾看见。于是，两个人相对笑笑，有会于心地笑笑，像是办完一件大事，摇摇灯座，油还不少，扭一扭灯头，看机关灵活不灵活。又验看一下茶壶，炖在炭盆边很稳当。一种母性的体贴，把凡是想得到的都注意一下，再就说了几句不相干闲话，一齐走了。我因之陷入一种完全孤寂中。听到两人在院转角处踏雪声和笑语声。这是什么意思？充满好奇的心情，伸手到枕下掏摸，果然就抓住了一样东西，一个被封好的谜。试小心裁开一看，原来是包寸金糖。知道老太太是依照一种乡村古旧的仪式。乡下习惯，凡新婚人家，对于未结婚的陌生男客，照例是不留宿的。若特别客人留在家下住宿时，必祝福他安睡。恐客人半夜里醒来有所见闻，大早不知忌讳，信口胡说，就预先用一包糖甜甜口，封住了嘴。一切离不了象征。唯其象征，简单仪式中即充满牧歌的抒情。我因为记得一句俗话,"入境问俗",早经人提及过,可绝想不到自己即参加了这一角。我明早上将说些什么?是不是凡这时想起的种种,也近于一种忌讳?五十里的雪中长途跋涉,已把我身体弄得十分疲倦,在灯火煌煌笳鼓竞奏的喜筵上,甜酒和笑谑所酿成的空气中,乡村式的欢乐的流注,再加上那个十七岁乡下大姑娘所能引起我的幻想或联想,似乎把我灵魂也弄得相当疲倦。因此,躺入那个暖和、轻软、有干草干果香味的棉被中,不多久,就被睡眠完全收拾了。

现在我又呼吸于这个现代传奇中了。炭盆中火星还在轻微爆炸。假若我早醒五分钟,是不是会发现房门被一只手轻轻推开时,就有一双眼睛一张嘴随同发现?是不是忍着笑踮起脚进到房中后,一面整理火盆,一面还向窗口悄悄张望,一种朴质与狡猾的混和,只差开口,"你城里人就会客气"。到这种情形下,我应当忽然跃起,稍微不大客气地惊吓她一下,还是尽含着糖,不声不响?我不能够这样尽躺着。油紫色带锦绥的斑鸠,已在雪中咕咕咕呼朋集伴。我得看看雪晴侵晨的庄宅,办过喜事后的庄宅,那分零乱,那分静。屋外的溪涧、寒林和远山,为积雪掩覆初阳照耀那分调和,那分美。还有雪原中路坎边那些狐兔鸦雀经行的脚迹,象征生命多方的图案画。但尤其使我发生兴趣感到关切的,也许还是另外一件事情。新娘子按规矩就得下厨,经过一系列亲友预先布置的开心笑料,是不是有些狼狈周章?大清早和丈夫到井边去挑水时,是个什么情景?那一双眉毛,是不是当真于一夜中就有了变化,一眼望去即能辨别?有了变化后,和另外那一位年纪十七岁的成熟待时大姑娘比较起来,究竟有什么不同处?……

盥洗完毕,走出前院去,尽少开口胡说。且想找寻一个人，带我到后山去望望并证实所想象的种种时，"莫道行人早，还有早行人"，不意从前院大胡桃树下，便看见那做新郎的朋友，正蹲在雪地上一大团毛物边，有所检视。才知道新郎还是按照向例，天微明即已起身，带了猎枪和两个长工，上后山绕了一转，把装套处一一看过，把所得的已收拾回来。从这个小小堆积中，我发现了两只麻兔，一只长尾山猫，一只灰獾，两匹黄鼠狼。装置捕机的地面，不出庄宅后山，半里路范围内，一夜中即有这么多触网入彀的生物。而且从那不同的形体，不同的毛色，想想每一个不同的生命，在如何不同情形中，被大石块压住腰部，头尾翘张，动弹不得；或被圈套扣住了前脚高悬半空挣扎精疲力尽，垂头死去；或是被机关木梁竹签，扎中肢体某一部分，在痛苦惶惧中，先是如何努力挣扎，带着绝望的低嘶，挣扎无从，精疲力尽后，方充满悲苦的激情，沉默下来，等待天明，到末了还是不免同归于尽。这一摊毛茸茸的野物，陈列在这片雪地上，真如一幅动人的图画。但任何一种图画，却不会将这个近乎不可思议的生命的复杂与多方，好好表现出来。

后园竹林中的斑鸠呼声，引起了朋友的注意。我们于是一齐向后园跑去。朋友撒了一把绿豆到雪地上，又将另一把绿豆灌入那支旧式猎枪中，藏身在一垛稻草后，有所等待。不到一会儿，枪声响处，那对飞下雪地啄食绿豆的斑鸠，即中了从枪管喷出的绿豆，躺在雪中了。吃早饭时，新娘子第一回下厨做的菜中，就有一盘辣子炒斑鸠。

一面吃饭一面听新郎述说下大围猎虎故事，使我仿佛加入了那个在自然壮丽背景中，人与另外一种生物充满激情的剧烈争斗与游戏过程。新娘子的眉毛还是弯弯的，引起我老想要问一句话，又像因为昨夜晚老太太塞在枕下那一包糖，当真封住了口，无从启齿。可是从外面跑来的一个长工，却代替了我，打破了桌边沉默，在桌前向主人急促陈述：

"老太太，队长，你家巧秀，有人在坳上亲眼看到。昨天吹唢呐的那个中寨人，把你家大姑娘巧秀拐跑了。一定是向鸦拉营方向跑，要追还追得上。巧秀背了个小小包袱，还笑嘻嘻的！"

"嘻，咦！"一桌吃饭的人，都为这个消息给愣住了。这个集中情绪的一刹那，使我意识到一件事，即眉毛比较已无可希望。

我一个人重新枯寂地坐在这个小房间火盆边，听着炖在火盆上铜壶的白水沸腾，好像失去了一点什么，不经意被那一位收拾在那个小小包袱中，带到一个不可知的小地方去了。不过事实上倒应当说"得到"了一点什么。只是得到的究竟是什么？我问你。算算时间，我来到这个乡下还只是第二天，除掉睡眠，耳目官觉和这里一切接触还不足七小时，生命的丰满、洋溢，把我的感情或理性，已给完全混乱了。

阳光上了窗棂，屋外檐前正滴着融雪水。我年纪刚满十八岁。

1946 年 10 月 12 日重写

雪

春雪化时

◎鲍尔吉·原野

　　雪化了,淌水如急箭在向阳的楼檐飞泻而下。马路对面的背阴处,白雪依然矜持隆重地堆积。积水的墙角,拉拉蔓和婆婆丁悄悄晾晒今年的新绿衣。春分了,虽然白雪没头没脑地一降再降。碧桃树的枝木开始涨红,在褐紫的老树皮里透出新鲜的红晕,你还不好意思了。春天,没什么不好意思。过几日,碧桃树就要满枝繁花,出这么大的风头,心里总要斗争一番。婆婆丁的叶子和去年一样,没有新的改进,像一根凌乱的孔雀羽毛,缺顶端的那只蓝色独眼。

　　草们出来,是听到了谁的歌声?已经有证据表明,在人耳所能接受的波长之外,世上还有许许多多的声音。草是草的歌声所唤醒的。那是清脆的,碎片式的,嘻嘻哈哈的歌声。像小孩站在岸上往水里掷冰。昨天我在电视的慢镜头里看到石子落水激起的波澜,宛如一个欧陆的王冠,圆而外溢,转瞬即逝。草听到了晒太阳的吆喝。探出头,它看到明晃晃的一切。它记忆不好,把去年的事情全忘记了,以为重新诞生,于是大喜。一切在它面前都是高大的,灌木高耸入云,蚂蚁像恐龙一样疾走。草感到世界静悄悄的,因为它听不到人与汽车发出的声波。多么安静,全世界都是草的歌声。树的声音含混,像管风琴,听不真切。人类干张嘴发不出声音,像在互相模仿。

而且，草认为人与人的区别只是鞋的区别。草看不到人的脸、乳房或屁股，但看到他们穿着各种各样的鞋，发亮或发臭。草喜欢蜜蜂的脸，它的眼睛像玻璃幕墙一样雅致。毛虫从草的身旁经过，这是一列二十多个车厢的金色火车，安静柔软。它们的毛比蒲公英还要多，每一根都闪光。

有一次我躺在胡四台的草地上听 CD。阳光照在脸上，然后顺鼻侧流进脖子里，困。鼻子灌满草香之后，思想就停止了。是不是因此蒙古人当中出不来什么哲学家。仅有的哲学家艾思奇还是云南的蒙古人。草香带着睡意像多米诺骨牌一样在血管里四处坍塌，此刻，音乐反而澄明了，仿佛乐器的录音位置更加清晰，录音间也更加宽大。弦乐器和管乐器像山洞里的钟乳石一样从空中悬下，无人演奏，自动发声。我把随身听的两个耳机分别贴在两株草的叶子上，它们相距一米。如果有一种适用于草的心电图即示波器，给它们安上，草氏的生物电波一定会必激颤。"中亚细亚的草原上，鲍罗丁。"我向它们报幕。中亚——细亚草原上，中——亚细亚的草原上。这是两种断句方式，我都向草说了，两株草为什么没有翩翩起舞？你们不喜欢鲍罗丁是一位化学家吗？他的博士论文叫作《砷与硫酸的类比》。小提琴的泛音从高音区舒缓而来，环绕在胡四台的草叶上，草叶旁边堆积着风干了的像草纸一样的牛粪。这是俄国主题，按鲍罗丁的说法，是一支卫兵守护下的俄国商队寂寞地走过沙漠。沙漠的上空，星星下垂，无比明亮，盯着骆驼的脚步。拨弦是马的蹄音。竖笛和法国号相继奏出一首俄罗斯民歌的旋律，然后英国管吹出哀婉的东方主题。次第，两只小号重现俄罗斯主题，大提琴和竖琴重现东方旋律。最后它们融为一体，小提琴和长笛代表俄国，巴松和小号代表东方。专家说,这意味着格迪安尼舒里伯爵与一位医生妻子的私通,鲍罗丁的问世就是格鲁吉亚与俄罗斯血统的融合。

我曾经想,草叶在鲍罗丁音乐的催化下,会不会发生奇异的变化。譬如像发条一样卷曲起来,或者颜色一点点变为透明的海蓝色,高级灰,富有中亚色彩的土红。胡四台没有什么像样的山,在当地人的语言里,没有"WOLA"(山峰)这个词,只有"MANGHA"(沙丘)。MANGHA 假装是山,也逶迤起伏。风把山脊装饰出剃刀一样的刃,带着浅蓝的阴影,远看柔美金黄。从我大伯的后窗户望去,沙丘像一只抬起鼻子喷水的大象。象鼻子下面的湖里,不知藏伏多少天鹅蛋、野鸭蛋和水蛇。我想,如果用村里的大喇叭高声放送《在中亚细亚草原上》或拉赫玛尼夫的《第二钢琴协奏曲》,该是何等景象!走路一拐一拐背着手的蒙古牧人会站住脚,抬头思索,如嗅空气中的异味。低头吃草的马儿警觉地竖起尖耳。音乐像雨水一样,迅速洒在胡四台的每一样东西上,包括牛车的辕木和杀猪的门板上,钻进蜥蜴的耳朵和我嫂子装钱的红箱子里。那时候,你会看到胡四台有些变样了,虽然土屋、羊圈和公路一如旧时,但空气中飞翔着古典音乐,像下雪一样。这是赶也赶不走的。

上个月,我写过一篇愚蠢的文章,说:"雪花无声无息地落下来,有如歌剧的序幕"云云。我以为雪花没有声音是它的质量太轻了。前不久,国外有两个比我高明的人在下雪的时候爬到房顶上,用麦克风吸纳雪花的"声音",然后接到示波器上。他们发现,雪花的"声音"是非常尖锐的,像救火车一样,但这种高频我们听不到。上帝并没有把所有的能力赋予人,他留了个心眼。然而人的基本观念却是：人是无所不能的。从文艺复兴以来，对"人"的喧嚣以及本世纪以来科技的进步，使人无比膨胀。雪花的飘落声是尖锐的？像蝙蝠或燕子的叫声一样，"吱吱"的。我看着窗外的雪，觉得不可思议。如果人们可以听到，那么满街都是捂耳奔跑的人。科学家则要研究如何降低雪的噪声。雪下墙角却有胆大的小草伸展枝叶，这真是令人非常满意的事情。拉拉蔓能听到雪的尖叫吗？闭嘴！你们这些轻浮的雪。婆婆丁说，我的叶子很像泰国国王侍卫手里拿的大羽毛，国王的女儿翻译了一百多首中国古诗，腿很粗，相貌如同乡村教师。季羡林参加了她的颁奖仪式。

拉拉蔓的根是雪白雪白的，像野鸡胸脯的肉丝那么白，一嚼有点辣。这是我小时候最喜爱的食品之一。之二是榆树皮，黏而甜与滑溜。在盟体育场，有无数拉拉蔓，六瓣叶子像小芭蕉。我们挖。那时游泳池的音乐体现藏人风情，远飞的大啊雁安安安安，请嗯你依快快飞……真是这么回事。我们看一眼蓝天，用玻璃碴子接着挖，嚼，别怕沙子。空旷的体育场，听音乐，挖拉拉蔓，多好。我一二年级的时候，朋友都是女同学。我们班的苏娅、木娅、陶娅，她们的爸都给她们往娅上起名。我挖到一根，给她们看，她们说我看看，看完还给我。她们挖到也给我看。我们贪婪无邪，笑嘻嘻的。不要把书包丢了，也不要在奔跑中把文具盒颠散了馅。如果在今天，我请其中一娅到家，听勃拉姆斯，会意处相视一笑，是绝无可能的。一对四十多岁的男女脸对脸地笑，咱不说这是否难堪，属实有如不轨。岁月剥夺我们多少快乐。听勃拉姆斯与莫扎特只能一个人听——有时音乐里有如密语，常常说出一个人内心的矛盾冲突。人这时候摊开了，像躺在手术台上。这是最脆弱的一刻，突然发现身边还有一个人，令人紧张。两个人相处的时候，不能放交响乐。

体育场看台是一个俄国式的尖顶，青瓦，木檐刷着绿漆。檐上等距离画着一个又一个的苹果，苹果的柄向左或右倾斜。我无数次梦见了这些苹果。在我童年，苹果画在如此之高需要仰视的地方，长久地凝视它们，忘记了手里攥着的拉拉蔓。在我回忆这些往事的时候，有些怀疑它的真实，是那样吗？不会是大脑从电影、书里和别人的叙说中拷贝出来的吗？但这些事情在被回忆的时候，像带着一种味道。每一种往事在被储存在记忆里之后，都被注入一种味道。童年所有美好的记忆，对现在的我来说都有一种莫扎特的味道，这有些高攀了。我听莫扎特只有十来年的时间，它的空灵，若有若无，以及甜蜜背后的忧伤，像一条河流，飘着我的往事。莫扎特的音乐好像没有"思想"。什么是思想呢？在音乐中的"思想"，无论马勒、肖斯塔科维奇，是把一种我们称之为"深度"的情绪传达给我们，如峡谷、绝壁和湍流。那么莫扎特，特别是巴赫，是从天空俯视大地。自天上看，已经看不出山的高耸与险峻，一切都是柔和、匀称的，广阔与平静的，这时没有"思想"。

在我的童年，天空上白云特别多，形状是六十年代流行的样式，一朵一朵。它们用一只手拎着白裙的一角，徐徐从天空滑过。那么多草仰面看白云，盼它掉下来，哪怕一朵也行。去年秋天，电视里庄严传出《人民海军向前进》，我激动不已。我平生在学堂里学的第一首歌就是这个，配水兵舞。我甚至不能在沙发上坐着听这首歌，出汗。量一下脉搏，达到 150 次/分。三十多年没听这首歌了，这歌是"我的"。每个人都有自己的歌，可以引发肾上腺素上升、心率加快、呼吸急促的歌。

去年是人民海军建立的庆典。激动呀，那时和我分享激情的也许只有少数退役的老海军将领。而那些娅，我已经不知她们现在流落何方，去年听没听到《人民海军向前进》。蔚蓝色的大海，军舰像菜刀开膛一样划过，两弦翻出海的雪白脂肪。

雪已经化了，半尺深的积雪竟在一天之内稀里哗啦解散。这就是春天。春天的结构与钢琴协奏曲的结构仿佛，波里尼弹的勃拉姆斯。许许多多东西随春天倾泻而来，仿佛世界装不下。阳光耀眼，枝头比冬天拥挤，草像练字的人在纸的每一块空处密密写满，的确装不下了。麻雀还要叫上几声，更显拥挤。然而春天不着急，像波里尼的琴音一样晶莹，节制，若有所思，声音是在手指触键的瞬间发出的，不早也不晚。勃拉姆斯告诉我们眼里看不到的春天，除了花朵与阳光之外，天空、地下和花苞里面的事情。虫子被阳光扎痛，小鸟遗失的草籽睁开眼睛，灌木们怎样互相推醒对方。总之，春天像踩着什么下来的，连续不断，留下钢琴般的脚步声。麻雀跳来跳去，感受不同树枝上的麻颤。如果它落在马友友的琴弦上，爪下的感觉肯定更加乐不可支。

我感到最奇妙的事情是不同的音乐能够揭示同一现象的不同本质。我想说的恰恰是现象是同一的，而本质多种多样。站在窗前往外看，透过碧桃树的交织，街上行人来往。放普罗哥菲耶夫的《埃及之夜》，李斯特的《浮士德》，萨蒂的《直视和斜视的东西》，埃尔加的《海景》，以及恩雅、南方小鸡、后街男孩、李玟和范晓萱。窗外始终是窗外。对面破旧的灰楼顶上砌一间水房，商店的人晾一件红格床单，爆苞米花的人就要来了。骑自行车的人像驴皮影匆匆而过。没有新闻，没有戏剧性的意外。而不同的音乐说出了这一切的神圣、沉穆、遥远、奇异、陌生、平凡和忧伤，以及喧闹、暗藏的情欲。音乐使我们生活在不同的地方，像不断换车的旅人。

古典音乐使人痛苦，它在最阴暗的光线下，在肮脏的地上为你指出一颗颗莹洁的珍珠。古典音乐让人做一个好人，但我们承担不了做好人的代价。如此卑琐的想法，在那么多大师目光的注视下，只好放弃，像小偷扔下一件刚偷来的破褂子。贝多芬对于庸俗丝毫不留情面，用密集的重磅炮弹粉碎我们身上可怜的一点点庸俗。莫扎特用精美告诉你，庸俗其实很脏，不值得紧紧抱在怀里。事实上，我们和贝多芬、莫扎特、巴赫的一点点真正的接触，唯有音乐。或者说，我们相信世界上存在过莫扎特的证据只有这些音乐。历史是无法相信的，甚至文学作品也不好用"相信"这个词来评断，太多夸饰。音乐保留着更多心灵的原始股。当我听这些音乐的时候，突然想到如此近距离地感受大师们心灵的喟叹，顿觉不可思议。他们如此亲善待你一如友人，这的确始料所未及。

听古典音乐而获得清静安详之气的境界，为我所不能。听它们，我有被俘虏的感觉，被大师从世俗阵营捉小鸡一般捉一个马仔押入庄严整肃大堂，我却回头留恋另一厢的浅薄嬉闹。而被圣洁宁静感化之后，又低头惭愧自己其实不配。这是替古典音乐惋惜。我真的奇怪，比如污浊的浮世与人性竟有古典音乐的精纯。它们是给谁听的呢？如果是给我，我则有些忸怩，仿佛无意中挑起一副重担。然而我还是听得出，上帝对每个人都没有失去信心，它的声音并不计较有多少人在听，就像它让草发芽，树开花，小鸡从蛋壳钻出，并没有讨好草、树和母鸡的意思。否则它为什么使年年都有春天？

我们听就是了。虽然我不时逃回去，和爵士、民歌和欧美流行组合厮混一番。喧闹的、可饱耳福的流行音乐,如玛丽亚·凯莉和后街男孩都是"人"的声音,像在一起喝可乐、啤酒,搂着跳舞一样。我们由此得知自己的身体和欲望。而遥远如星辰的亨德尔和海顿,则告诉我们春天。他们说春天不一定是可以满足的欲望,不可吃不可喝,它比你所能感受的更加广大纤细,充满了生长。春天不是风与花草的组合,是和谐、律动、演进与编码,是向你证明你还活着。

是吗? 我们不禁惊讶。

夏雪

◎黄国彬

儿子的人中一带已揉红了，鼻涕仍没有停止的意思。以为他患伤风；带他去看医生，才知道是花粉热。

儿子的鼻涕未干，内子的眼泪已经有夺眶而出之势。也是花粉热。内子为了防微杜渐，马上向眼睛和鼻子滴药水，颇像消防员执着灭火器对付燎原前的星火。

我说燎原，并没有夸张。每年到了六月左右，花粉热就会席卷加拿大，许多人的眼睛和鼻子就会难过不堪。这时，医生会叫大家睡眠时关窗，避免吸入花粉。

不知是因为初到北美，还是因为生就一副贱躯，家人和许多朋友都已经涕洟不绝，花粉热还没有找我麻烦。内子见我过分自负，笑着说："慢得意，在这里住上一段时间，花粉热就会光顾你了。"

内子的话也许说得对；但倒下之前，我仍可以充充好汉。于是，许多人在走避花粉时，我像一只蝴蝶，翩翩跹跹，飘入了花粉深处。结果，我饱览了从未见过的奇景。

五月的最后几天，多伦多的街道疏疏落落地出现了一些白絮。起先，我以为是蒲公英；后来见白絮从高处飘下，就伸手捞了一球，发觉并不是蒲公英。蒲公英的白绒球一经风吹，就分散如柔毳，飘荡在空中；这些白絮却不分散，在空中停留的时间也比蒲公英长。

跟着的几天,空中的白絮越来越多。患过花粉热的人见了,会不期然想起和白絮同时出现的花粉,大概没有心情欣赏了。我初到多伦多,未领教过花粉的厉害,所以只觉眼前的景象新奇。

多伦多的城市规划极佳;即使在市区,你也到处看得见树木。枫树是加拿大的"国树",是不用说的了;其余如橡树、欧洲七叶树、苹果树、樱桃、鹅耳枥、鼠李、椴树、榆树、朴树、山毛榉、桦树、杨树、白蜡树、山楂、桤木、榛木……也蓊蓊郁郁地布满了公园、路旁、河谷、斜坡,和许多人家的屋前屋后。

一九八六年来加拿大后,一直住在多伦多市区的东部。这一带的树木没别的地区多,但也苍翠得像座树林;所有人家的后院,都摇曳着枫树、杨树、山毛榉、苹果树……我们住的是一所陈旧的房子,在北美,应该属耄耋建筑了,但仍然给我许多喜悦。光是屋前那幅十呎见方的草地,已经很不错;何况屋后还有一棵山核桃、两株山茱萸呢。至于邻居和另一条街的后院,更是万绿撑天,卜居其中,并没有置身市区的感觉。这样的地方,正好让我观赏多伦多的奇景。

六月一日早上,正在厨房里伏案工作;偶一仰首,见窗外一片澄蓝,嫩绿的叶子在朝阳的映照下,鲜亮得近乎透明。光是这样的景色,已经叫我心痒了;偏偏这时候又看见一片片的雪瓣在空中飘。

"咦,夏天怎么会降雪呢?"这念头刚在脑里掠过,我就从错觉的世界返回了现实。这不是雪;只是从树上飘下来的白絮罢了。

可是从室内望出去,白絮的确像雪瓣;那么温柔,那么皎洁,无声无息地在太虚浮着,飘着,摇曳着向左右款摆,下滑;好久好久,才轻如无物,降落叶面、栅栏,虚无缥缈地蜷伏在那里,若有若无,像一球球迷离的绮思,从春梦的水涘漂来,漂进初夏的疆土,在温暖的海湄停泊。

面对这样的奇景,我再也不能工作下去了。于是站了起来,从横门走出后院。

一出后院,我登时呆住了。

在我的南边,是发亮的蓝空,初夏的太阳像一朵硕大的郁金香在东边盛放。南风从安大略湖吹来,带着水蓝吹入辽阔的安大略平原。映着蓝天的,是一棵棵参天的树木。在这些树木的深处,飘出亿亿兆兆的白絮,仿佛有人在里面把整个冬天的雪瓣堆了起来,此刻才全部倾出。

说眼前的奇景是冬雪,还不能尽道其美。冬天的雪花虽然轻柔,通常却只会从上而下;如非遇到强风,在空中款摆或飘荡的时间也不会太长;只要伸手,它就会飘落你的掌上。可是在我眼前的白絮,比冬天的雪瓣要轻得多;从深树飘出,就像叹息逸自水仙的柔唇,不着边际地浮游于天地之间,在和风中久久都不着地;不但不着地,而且向前后、向左右无声滑翔,然后再冉冉升起,绰约而又轻柔,如云如雾,氤氲氲氲,带着太初的神秘,触着了叶尖又柔柔弹起,返回无色无垢的空间,成为光球,在太阳的金弦上无声跳跃,倾侧,缓旋。

我伸出手去,想捉住一瓣夏雪;不料手掌一举起,那瓣雪已因空气的晃动从掌侧溜掉。于是,我用两手去捞,也由于太用力,把浮漾的夏雪"吓"走。到了第三次,我小心翼翼,张开两掌去接,才捉到了一缕虚无缥缈的叹息。那是棉絮般的白纤维,十分柔软,中间包着一粒很小的种子。由于手头没有植物学的书,附近又没有人可以请教,所以不知道是杨花还是木棉,还是其他闻所未闻的飞絮。

我见白纤维无从辨认,就把它放回空中。然后仰望……啊!整个天空都是这些奇幻的东西。它们浩浩荡荡,从南边的树林飘来,飘过我的身边、头顶,向附近的房子、马路进发,最后飘满多伦多整座城市,飘满整个安大略,把亿亿兆兆的种子带回大地,等一场暖雨过后,萌发亿亿兆兆的生机。

出神间,我看见亿亿兆兆的飞絮飘荡着越升越高,高出树梢,高出云霄,浮游过天琴座缥缈而去,最后在深不可测的星际,聚成星云,恍恍惚惚,发着幽邈的清辉,成为一切生命的起源。

1987 年 6 月 12 日·多伦多

夏雪

雪画

◎刘成章

　　一只白蝴蝶,梦一般翩然飞来,落在我的多皱的掌心,莹莹地,闪着玉光。我欲问它:你从哪里来?你为什么如此美丽?你想向我倾诉些什么?但我还没来得及开口,它又梦一样神奇地消失了。

　　我惘怅地问:"白蝴蝶,白蝴蝶,你到哪儿去了呢?"

　　身旁的老槐树说:"何须惘怅?看!它们来了!"

　　嗬,它们来了!整个天宇间,千只万只亿万只的白蝴蝶,在飞,在旋,在舞,在无声地歌唱!

　　好大的、白蝴蝶一样的雪啊!

　　雪,落在老槐树上,落在我的身上,落在乡亲们的窗棂上;落在羊圈,落在鸟巢,落在磨眼;落下沟,落下河,落进旮旯拐角落遍四野。

　　芦花公鸡小黑狗,还有钢蓝的新铣,以及大女子小媳妇们的红袄绿袄花袄,眼看着变……变……变白了。

　　谁家门里传出铜勺碰锅沿的声音。连那声音也变成了白的。

　　搜索我峡谷一样的记忆深处,最渺远的景致,是雪。那是在陕北的洛川塬上,白皑皑一片。母亲抱着我,走出外婆的家门。我看见,四周的雪野,就像母亲的年轻的白净容颜。雪和母亲的容颜都让人感到世界的无限美好。我喜得发狂,多么想从母亲怀里挣脱下来,玩玩雪。可是母亲说:"别,别,雪冰死人了!"

后来我终于踢腾在雪中了。一年一年。但记不清是何时,气候却变暖和了,痛畅地下着的雪不多见了。特别是后来定居西安,常常是暖冬、干冬,一冬下来,难得见几片雪花。我感到自己的身子越来越干枯了。

而现在可好,我在陕北高原的农村里,又一次见了这么大的雪了。那一朵一朵雪花,简直是飘飞在我的肺腑中的。唰唰地扫,雪花是嫦娥的扫帚。我长年抽烟因而污浊不堪的肺腑,被它清扫得一干二净。好清爽的我哟!

我昨天曾登临山峁看过黄河。现在,我仿佛听到我的血管中,有了像黄河浪涛一般的吼叫声了。我蓬勃了生命的力量。

雪越下越大。

遍地写着许多胖胖的白字。

村外,白了的旅人赶着白了的骡子,在白了的路上急匆匆地赶路。脚印和蹄印都是个棉花的深窝。骡子突然站下撒尿,路上润出一坨黑。

村里,上山砍柴的汉子背着一大背柴,回来了,走进了窑院。人像长着白胡子的圣诞老人,柴像琼枝玉杈。汉子放了柴,急忙在周身拍拍打打。而窑里的婆姨已经听见,门帘一挑,她拿着糜秸缚成的小笤帚跨出门槛,帮他清扫。雪便静悄悄地一疙瘩一疙瘩地掉,人便静悄悄地恢复了原样。

但天宇间是不安静的。天宇间的雪花敲着锣,打着鼓,作空灵的生命之舞。它们不为别的什么,只为能有这样一次重归大地的快乐的飞翔。

比雪花更快乐，地上的娃娃们高一声低一声地叫着，欢呼，跳跃，抓起雪球打雪仗，然后追逐，摔跤，一个个头上是雪，脸上是雪，衣裤上是雪，开裆裤露出的屁股蛋上是雪；他们都快要成了雪球了。

勤快的老人一遍一遍地扫雪，扫门前的，院里的，路上的。门前，院里，路上，都露出了黄土的地面。可是，他前脚扫，雪花却后脚罩上了轻纱。

光棍汉也动作起来。本来，光棍汉是最没心劲的人，可雪也使他振作了精神。他也扫雪。不过，他扫雪只为有个雪堆，用来塑雪人。他爱村里的娃娃们，雪人是为他们塑的。

雪人刚塑出个模样，娃娃们便蜂拥而至。

"没眼窝呀！"

"对，咱给他长上一双！"他就地捡起两颗羊粪蛋蛋，缀之其上，有了。

娃娃们欢呼。

我从娃娃们的身上看到了自己童年的影子，立时与他们亲近了，我把掏出的一支烟塞到雪人的嘴上，娃娃们又是一阵欢呼。

老槐树也为之动容。

我问老槐树："你说说，这场雪下的范围有多大？"

老槐树说："千里万里。"

我说："那太好了！"

老槐树却又说："可是，有的地方还亟待一场好雪。"

我问："什么地方？"

老槐树说："社会。"

我心头一亮,说:"嗨,我怎么忘了呢?现在,的确需要一场大雪,好好把我们的社会空气净化净化!"

但我又想,那场雪其实早已是在下着的了。已经下了好几年了,现在还正下。我分明也是感到了的。不过,社会的雪不同于自然界,它是隐着形的;但它确实在下。它往往要下几年以至几十年的工夫。

天地无语,但我看见,它们是欣喜的。它们默认了我的观点。

举目再看,只见雪花漫天飞舞。雪花在埋山,埋川,埋村,埋整个黄土高原。

山成了卧着的北极熊。川成了铺着的白绒毯。树成了偎在山上川里的白蘑菇。整个黄土高原无棱无角,秃秃的,肥硕,富态,丰腴,甚至有点儿鲁钝,成了一片白面铺成的高原了。

飞着的鹰,是一只臃肿的蛾子。

村前村后,来去行走的男女庄户人们,以自己的大大小小肥肥瘦瘦深深浅浅不同的脚印,装饰着村庄。他们几乎都成了艺术家了。而骄傲自负莫过于俊俏的女子们,她们走几步都要拧过身来,看一看自己的作品。

哦,又一个女子走过来了。一大朵雪花挑在她的睫毛上,像一片白绫舞在清泉边的一排小树上。她的脚底是一双从城里买来的很普通的塑料底布鞋。这双布鞋从来没有吸引过任何人的目光。然而,当她拧身回望的时候,发现自己印在雪地上的塑料鞋底纹样,竟是这么好看!于是,她极愉快地走着了。有意使力。频频回望。一步一朵花。那花比春风吹开的山花美,比此刻飘飞的雪花美,比自己剪出的窗花也美。一颗少女的心,一腔少女的微妙情愫,连同少女的全部美丽,电流一般通过腿,通过脚,通过鞋底,都在那花上闪射着了。

狼一样虎一样,是哪个莽汉闯过来了?

穿了白袍的老槐树向着他喊:"当心! 当心!"

莽汉眼睛一瞪:"当心什么?"

老槐树说:"没看见你面前吗? 那么好的画儿,当心踩坏!"

是的,他的面前是一幅幅画儿。画儿还在增多。白雪是纸,人们以脚作画。

禽畜们也不甘寂寞了,也以爪蹄在画了。鸡画的是竹叶,猪画的是梅花,牛画的是大朵子的菊。

哦,米虫爬来也画绳,但是个活物都显能!

人和禽畜,都在静静地画,都在静静地展示自己的胸臆。

一首诗词忽然飞上我的心头——《沁园春·雪》。

那是一个伟人写的。就是在这片高原上写的。出身于江南水乡的伟人原来是有几分似水柔情的,是这片高原使他完全变成一个大气磅礴的人了。他以奋斗为无穷的欢乐。他写的雪景也充满了恢宏的动感。

心中品咂着词的余韵,我兴致勃勃地冒雪登上山峁,又看黄河。记得昨日黎明看黄河,曙色中,一切都是暗黑的,唯有黄河是白亮的。黄河平铺着重重叠叠的一道一道的弯子,像一条刚从九天款款落定的亮闪闪的蜿蜒的飘带。而现在,大地成了一张无边无沿的宣纸,奔腾的黄河,是大笔勾勒出来的黧黑线条。

那是一幅最美丽的图画。

雪晚归船

◎俞平伯

日来北京骤冷，谈谈雪罢。怪腻人的，不知怎么总说起江南来。江南的往事可真多，短梦似的一场一场在心上跑着；日子久了，方圆的轮廓渐磨钝了，写来倒反方便些，应了岂明君的"就是要加减两笔也不要紧"这句话。我近来真懒得可以，懒得笔都拿不起，拿起来费劲，放下却很"豪燥"的。依普通说法，似应当是才尽，但我压根儿未见得有才哩。

淡淡地说，疏疏地说，不论您是否过瘾，凡懒人总该欢喜的是那一年上，您还记得否？您家湖上的新居落成未久。它正对三台山，旁见圣湖一角。曾于这楼廊上一度看雪，雪景如何地好，似在当时也未留下深沉的影象，现在追想更觉茫然。——无非是面粉盐花之流罢，即使于才媛嘴里依然是柳絮。

然而 H 君快意于他的新居，更喜欢同着儿女们游山玩水，于是我们遂从"杭州城内"剪湖水而西了。于雪中，于明敞的楼头凝眸暂对，却也尽多佳处。皎洁的雪，森秀的山，并不曾辜负我们来时的一团高兴。且日常见惯的峦姿，一被积雪覆着，蓦地添出多少层叠来，宛然新生的境界，仿佛将完工的画又加上几笔皴染似的。记得那时 H 君就这般说。

静趣最难形容，回忆中的静趣每不自主地杂以凄清，更加难说了。而且您必不会忘记，我几时对着雪里的湖山，悄然神往呢。我从来不曾如此伟大过一回，真人面前不说谎。团雪为球，掷得一塌糊涂倒是真的，有同嬉的 L 为证。

以掷雪而 L 败，败而袜湿，等袜子烤干，天已黑下来，于是回家。如此的清游可发一笑罢？瞧瞧今古名流的游记上有这般写着的吗？没有过！——唯其如此，我才敢大大方方地写，否则马上搁笔，"您另请高明"！

毕竟那晚的归舟是难忘的。因天雨雪，丢却悠然的双桨，讨了一只大船。大家伙儿上船之后，它便扭扭搭搭晃荡起来。雪早已不下，尖风却嘶嘶的，人躲在舱里。天又黑得真快，灰白的雪容，一转眼铁灰色了，雪后的湖浪沉沉，拍船头间歇地汨然而响。旗下营的遥灯渐映眼朦胧黄了。那时中舱的板桌上初点起一支短短的白烛来。烛焰打着颤，以船儿的欹倾，更摇摇无所主，似微薄而将向尽了。我们都拥着一大堆的寒色，悄悄地趁残烛而觅归。那时似乎没有说什么话，即有三两句零星的话，谁还记得清呢。大家这般草草地回去了。

我喜欢下雪的天

◎冰心

雨天往往使我觉得沉闷抑郁，因为我喜欢阳光，但我喜欢下雪，因为雪也有耀眼雪光！

北京是比往年暖多了，暖得冬天很少下雪！今冬只在一月五日，"小寒"的那一天，下了一天的雪。我倚窗外望，周围的楼顶上都是白灿灿的一层，校园小路上的行人，都打着伞，天上的雪仍在纷纷扬扬地下着，多么明亮，多么美丽！这一天我分外地喜悦。

记得小时候住在山东烟台，每年冬天都下着"深可没膝"的大雪。扫到路边的雪足有半人多高，我和堂兄表兄们打雪仗，堆雪人。那雪人的眼睛是用煤球"镶"的，雪人的嘴是捅进了一颗小"福橘"，十分生动夺目。这时还听到我二弟的奶妈说"金钩寨里有一家娶亲的停在门洞里接新娘的红轿子，竟然半天抬不出来"。我多么想念我童年时代的大雪呵！

我竭力思索古人咏雪的诗句，而浮上心头的却是两首打油诗！

> 天公丧母地丁忧，
> 万里河山尽白头。
> 明日太阳来吊孝，
> 家家檐上泪珠流。

还有一首是：

> 天上一笼统，
>
> 井上黑窟窿。
>
> 黄狗身上白，
>
> 白狗身上肿。

我觉得第二首是完全写实的，"井上黑窟窿"一句尤为形象化，亏他怎么想得出来！

1989 年 3 月 31 日晨

雪夜

（灯下幻想）

◎冯至

　　静静的窗纸响了，夜间要起风吧。我打电话给山上的朋友：

　　"你那里的雪好吗？想明早上出去看雪，只恐怕风把雪云吹散了。今晚只好怀嫉妒似的祝你在炉边好好地享受着山中的雪夜！"

　　"山上的雪夜诚然是好。炉火也正燃着，只是寂寞一点。如果怕在夜半起风，不妨趁这山下还有行人的时候上来吧！欢迎得很。"在电话里友人这样地回答。

　　诚然，雪把一切都严肃化了，尤其是在这郊外的夜里。我摸索着我的道路，同时我又鄙夷着我天天在日光下所从事的：虚荣，嫉妒，浮诱……种种的事体。面前显示出来，不是人人所赞美的那个，而是为了罪孽而祈祷，为了寂寞而反省，为了无可奈何的景况而无可奈何的人们所皈依的另一个上帝。我渐渐地走入了一个不可思议的境界，这境界似乎是专为不幸者们而设备的。我一边走，一边惭愧，因为我的浮飘飘的生活还不曾使我体验到怎么的不幸。我想当年到耶路撒冷去拜墓的人们总会常常地走着这样的道路吧！

　　山上的友人在迎接了。

——好吗？我问。

——也可以说是好吧。终日喝着一个辛苦的老年人所酿的辛苦酒浆，就这样子，一个多月了。

莫名其妙的我随着他曲曲弯弯地走入莫名其妙的一间小屋子里，灯光虽然暗淡，而炉火却燃得正是熊熊了。

炉边放的只有酒。

——山夜里的雪固然好，但是这酒更难得呀！

——怎么？

——先喝吧！喝完再讲。

我们缓缓地斟饮，但并不停息。

——酒味怎么样？比绍兴醇厚吗？比汾酒芳烈吗？比威斯基还强吗？比……

他问了许久，我终于一句也不能回答。他笑了一笑，又说：

——不回答也好。再喝两盅呢。

一盅盅地饮着。酒呢，并不是怎样地醇厚，芳烈……不过是另有一种味道，与旁的不大相同罢了；正如雪夜是不能同春朝秋月互相比较的。

不客气的友人见瓶中的酒剩得不多了，便说，不要喝了吧，言外仿佛是还要留着明天的份呢。

——现在是我说的时候了，他望一望我，便这样说了下去：我如果能把这段故事说得比酒的味道还要深时，那么，我便觉你是不枉此行了。这酒是哪里得来的呢？是从住在离此不远的一个法国的老人，其实呢，他并不老，也不过五十上下岁吧！他生长在法国的南方，从小学会了酿酒的方法，你想，那里葡萄收获的时候，是怎么地充满了牧歌的情味呀，就是这样的一个老人也说，每逢到那样的节候，真要有时情不自禁起来呢。——我同他的相识，自然也是在这前面的山坡下。你是知道的，寂寞惯了的人，是不容易加入一个热闹的社会里去，人会渐渐地同人隔离了一道深沟；他不大注意路上的旁人的事，因为他心里的负担太重了。至于我同他的相识，自然是由于我见他天天在山上走来走去的奇怪的态度所发生的好奇心而向他很谦虚地道了早安才起始的。我们现在却是很熟的人了。我们用彼此都不大能够达意的英语谈话。他虽然以对于不是同国的，而且不是同时代的人的眼光来看我，但因为我在这里也不常有来访的人，或者是我主观的觉察，也许他真是同情地和我有些亲密了。说是亲密，也不过就是他肯把他生涯中的一断片简单地向我说了一点；其实呢，我们俩还是淡淡地。——红叶还没有落尽了的一月前，我得了他的允许，傍午的时分，我到他的 Villa① 里拜访他了。(说是 Villa，不过为的是这个名词的好听，其实他在别的地方并没有家。)我一进门，他便说，喝酒吧，喝我的酒！他说，你们中国人喝的，不过都是些酒精罢了。我们法国，是酒的国，葡萄酒的国呀！这酒是我自己酿制的，用这山上的泉水，用这后园中收获的葡萄。我因为向来就对他感到一点不寻常，所以听了他自己酿酒的话也就不以为是出自意外了。由于我的到中国有几年了，为什么来到中国的那一类的问话，他轻描淡写地把他悲哀的身世向我暴露了一角；他在未叙说之先，还附带着注明，这样的事情，自到中国以来还很少对人布白呢。这时我喝了一盅酒，衷心地感谢他！他说了他在几年前还是驻守叙利亚的一个军官。他问我，那时就是外国的报纸也要时时登载的叙利亚问题，你

---

　　① 英语，别墅。

们中国人也该知道吧？那叙利亚，是一个使人憧憬的地方。一晚，没有月亮的晚上，他带领几百个法国兵在叙利亚的一块旷野搭起帐幕了。大家睡得很酣的时刻，谁也没有梦到四围埋伏的叙利亚人的袭击。全军在很凄惨的景况中被戮杀而沉没了。电报回到法国去，几百个家族为他们的死者哀悼，他的最亲爱的妻自然是其中最痛苦的一个。但是侥幸没有死亡的他却在一月后回到故乡了，出来迎接他的正是虽然已经接到过他未被害的报告还是不大肯相信他在世上的、面貌憔悴全身黑色的妻。

"你回来了吗？"话没说完，已经快乐得昏倒了！

从此丈夫活了，爱妻死了。这样的运命的播弄，使他除了悲痛之外感到更可怕的不可思议的神秘。这样的他，在故乡是住不下去了，法国也不能，欧洲也不能了。处处使他触目惊心。葡萄香的法兰西，变成荒凉。再回到叙利亚去？那是他的刑场。妻，葬了；一切，空了。到哪里去度此余生呢。听说中国是一个神秘的国，到那里去试一试能否活得下去吧！于是就在这里租了房子，种起葡萄，酿起酒来了。他最后说，酿酒并没有什么意义，不过是为酿酒而酿酒罢了；不然，又怎样生活呢。有时遥想西天外妻的墓前不知开了些什么野花，只把酒向天空一洒，妻的灵魂便仿佛来慰问他的寂寞一般……

友人的叙说忽然停止了。我呆呆地望着屋角，望的是：宇宙严肃，人生的静寞……

——朋友呀，谢谢你！

我这样说时，山风已经吹起了。

1928 年 12 月

柚子树与雪

◎施蛰存

在我们院子里,有一株大柚子树。柚子树是南方的植物,而南方是和平与暖热的地方。所以,我们的柚子树,据房东说,一辈子也没有受到过霜雪与冰雹的欺侮,正如房东他自己一样。

然而这几年气候改变了,这地方,去年见了繁霜,今年下了大雪。雪是在一个非常寒冷的晚间悄悄地来的,等到我们在次日早晨起床的时候,他已经把地面上一切东西厚厚地盖了三四寸,房东的小姑娘起先很高兴,因为她,当然,更从来也没有看过这样炫目的东西。那么白,那么亮。虽然是那么冷,她以为这是一种可爱的东西,可怜啊!她不知道诗人歌德曾经说过:"雪是虚伪的纯洁。"所以她很快乐地玩雪了。

当然,当她抬起头来一看的时候,一个悲哀的现象给她看见了,原来她看见那株柚子树已经被雪残酷地压住了。大概一定是很重的吧!那些翠绿的枝条全给压倒下来了。他们每一个都偻着背,仿佛很痛苦的样子。

这时候,一向在柚子树上唱歌的雀子们也不知躲到哪儿去了,而雪还是在一大块一大块地落在每一片树叶上。小姑娘惊叫一声之后,就呆呆地对那柚子树看着,一句话也说不出来了。

又过了一晚,早晨起来,我们看见雪已经在不知什么时候停止了,但地上和瓦上却堆得格外厚了。至于那柚子树呢?却显出仿佛比昨天更苦痛的样子。因为那些压在他每一片叶子每一个枝条上的雪,都已经凝结成冰了。于是最高的那一枝却成为最低的一枝,他伛得背更加厉害了,看他的样子,仿佛在几分钟之后,就会得折断下来,而掉在地上了。

小姑娘惋惜地说:"啊!我们的柚子树要给雪压死了。"

不记得过了几天,终于有一天,出了太阳,南方的气候恢复过来了。你看,纵然是那么残酷、那么威武的雪,也竟受不住太阳的热气了。于是他们就开始融化,开始逃走了。从每一片柚子树叶上泻落下来的冰雪,正像一个被打败的敌人,狼狈地抛下他的枪械一样,发着铮铄的响声。在每一个响声里,伛背了好久的柚子树的枝条透一口气,伸直了几分。

不到天晚,所有的雪全化光了,于是我们的柚子树依然像从前一样,挺直地伸张了它的枝条。所有的雀子也都回来,在叶丛里唱着歌,好像庆贺它一样。

现在,房东的小姑娘欢喜起来了:"啊!我们的柚子树没有被压死呀,它还活着!"她拍着手说。

"小姑娘,你知道吗?"我说,"我们的柚子树是有生命的,但雪却是没有生命的。没有生命的武力是不会长久的,而有生命的东西,不管被欺侮到怎样厉害,终于会打败那些没有生命的敌人,而永远地活着的!"

雪

◎张秀亚

生长在南国的孩子,你见过雪吗?你爱雪吗?也许曾点缀于你生活篇页上的,只是碧于天的春水吧?

在我的故乡,到了冬季,是常常落雪的,纷纷的雪片,为我们装饰出一个银白的庭园,树,像是个受欢迎的远客,枝上挂了雪的花环,闪烁着银白色的欢笑。

我喜欢在落雪的清晓到外面去散步,雪后的大地是温柔而宁静的,一点声息都没有,连那爱聒噪的寒雀都不知躲到哪个檐下寻梦去了。我一边走着,时时回顾我在雪地留下的清晰的脚印,听着雪片在我的脚下微语,我不知道那是抱怨还是欢喜。

有时,我更迎着雪后第一次露面的太阳,攀登附近的小丘山,站在那银色的顶巅,等着看雪融的奇景。

雪封的山,原像一个耐人思猜的谜语,被一层白色的神秘包裹着,它无言语,它无声息,它不显露一点底蕴,只静静地坐在那里,毫不理会我这个不知趣的访客。但朝阳是有耐性的,它似乎比我更有耐性,它慢慢地在那里守候着,以它的温热,来向雪封的山丘做"煽动性"的说服。不知什么时候,那神秘的山峦"内心"开始起了变化,它发出一阵轻微的碎语,我赶紧低下头,呵,多动人的画面呵,这山丘的无缝银衣,像是一个圣者的长袍,被无数虔诚者的手撕碎了。(他们是每人要珍存起一块碎片来作纪念吧。)同时,那发亮的银绸上面,更像蜿蜒着许多透明、活泼的小蛇,它们在欠伸着轻盈腰身,嬉笑着,婉娈地向着山坡而去,不多时,山巅乃完全呈显出它土褐色的岩石,同一些枯萎的草叶、松针,而山脚下是谁在唱歌呢?当然,是那一道由雪水汇成的清亮小溪。我忍不住捧了一掬,那淡蓝的如同自盐湖汲来的雪水,那微凉,一直沁透了我心脾,多可爱的雪呵,谁还记得它翩然而来时,那片轻巧的翅膀呢?

有一次,正值雪后,天已晴霁,空气像是水晶般的透明,没有烟氛,没有雾霭,我和一个同学自学校的后门走了出来,走过那道积雪未消的木桥,向古城中的前门走去,将整个的一上午,全消度在那个古色古香,犹保持着我们东方情调的打磨厂——那是古城一些老店铺聚集开设的地方,我们欣赏了不少店铺的招牌,尤其美得悦目的是那一家挑挂在门外的,犹存古风的褪色酒旗,那深杏色的布招子上,还缀着几点细碎欲融的雪花,在风中轻轻地飘扬,看到它,我们似乎读到了一首唐人的小诗。归途,沿着城墙根走回来,一个骆驼商队,正预备出城,那黄色的驼峰,衬着雪地,竟像是一闪的斜阳,多少年来,我忘不掉那鲜明的一笔。

时候已过午,但我们的游兴未尽,又赶到西直门雇毛驴,到古城外的西山看雪景去。

因为雪后天寒,行人出奇地少,好像那一条通向西山的平坦大路,完全属于那一堆堆的积雪和我们两个人了。一路听着驴颈的铜铃,我们多希望看到早梅的影子,但在路边一些人家的墙头,我们只看到那墨描一般的梅树干:"也许我们来得太早了?"相顾有点惘然。

小驴子驮着我们颠踬到西山,灰暗的黄昏已在那儿等着我们,赶驴的老头儿嘱告我们最好不要上山了,太晚了赶不回城。我们也怕碰到校门上法国姆姆的那把铜锁。

我们只有在驴背上默默地欣赏了一下西山银色的峦影,它像一个沉睡了的巨人,在做着千年的长梦,任由外面的世界有着风霜雨雪的变化。

那是我第一次看到古城外有名的西山,也是最后一次,那白皑皑的山头,犹如银制的头盔,至今仍常常映现于我的记忆中,伴了那小驴颈上清脆的银铃叮当。

雪

雪夜有佳趣

◎思果

自从离开了故乡,和雪几乎绝了缘。

十年前在辛辛那堤见到白色的冬,好像久别重逢的老友,很兴奋,也很愉快。随后到关岛,连春秋也没有,何况雪。我曾写过两句诗,"四时常九夏,一日每三霖"。前几年移居北卡罗来纳州,冬天的雪是点卯性质,每年一两次,飘一会儿就停,也不积起来,看不到什么雪景。要看得上北方去。

去年冬天,美国北部和中部好多州已经严寒,被风雪所苦。甚至南方从来不知道有雪的几州,也下了大雪。佛罗里达州的柑橘业受到严重威胁,因为这种水果一冻就烂。据电视上播映,柑橘园主都赶紧把熟了的柑橘榨成汁,好运出去卖;没有熟的,用火烘。这也是天灾了。其余各州,如乔治亚、阿尔巴马、南北卡罗来纳州,都大雪纷飞,坚冰不解。南方本来是富有的美国人避寒胜地,能来的都来了。可是那年并避不了太多。

马修斯本来庆幸寒而无雪,谁知道还是不免。那几天晚上我们在起坐的一间房里吃晚饭,忽然发现窗外的凉台露出来了,平时室内的灯光照在外面的地板上本来不显。那时我们开了凉台上的电灯,才看到地面上已经粉白,空中还飘着雪花。"不知庭院已堆盐"也就成了可圈点的句子。雨一下(除了比雾的微粒稍大的毛毛雨)就大声大气,生怕人不知道似的,而雪就像猫的潜行，要下大了才有些声音。"忽如一夜春风来，千树万树梨花开"，可想而知，诗人早上起来，推窗一望的惊喜。

第二天四周一片洁白。不过薄薄的一层，是玩票。可是到了下午，才当真下起来，真成了"天花满院飞"。不多久就堆厚了，天空像有谁把成箩的粉团倒下，叫人看来有窒息之感。"乱落横飞讵有涯"？这时你如果凝神细听，会觉得有嘶嘶的声音，可见雪花分量之重了。

门外邻居家的孩子已经出来掷雪球，带了溜冰鞋、冰刀游戏了。还有人牵狗出来溜达。雪地上白狗不容易看出，黑狗就很触目。黑猫不用主人牵，独自在林子里路上乱闯。我看不到"黄狗身上白，白狗身上肿"；只觉得树枝都肿了。到了晚上，一家邻居塑了雪人，一家邻居塑了雪猫，猫比人大一倍，倒像狮子。孩子们嵌了猫眼，骑在上面也不消融。我和梅醴想起童年也干过这些玩意，现在却躲在屋里了。

晚上我在楼上，梅醴叫我下去，到了起坐间灯光都熄了。

"你看窗子外面，"她说，"像什么？"

她指窗外的树给我看。这不是海底的珊瑚么？楼上灯光照着，大枝小枝上糊满了雪，给织成珊瑚的形状，唯一不同的是纯白而已，真是奇观。不用说，我猜中了她的意思。

自从秋天落了叶子，树林后面的路和人家，已经越来越清晰可见了，可是雪把树枝包肥，竟和长满绿叶的时候差不多了。后面的人家连灯光都遮住了。整个一座粉妆林，望去白茫茫的一片。

最可怜是幼小的松柏，针叶、鳞片叶上吃满了雪，树干压成了拱形，顶已经着地。四面望去，蟹爪似的点缀满了。邻居一位意大利的太太怕树给压坏，跟着把雪抖下，树才能挺立。

我们迟了一步，等我去抖，才发见雪已经结成冰，用力大些，小枝会连叶折断。一直到隔天太阳出来，晒了一天，这些被压迫的小可怜虫才慢慢抬头。

雪虽然欺负贫穷和弱小，却是最平等的。它不管什么肮脏的角落、沟渠、破烂的房屋，一律粉刷，和皇宫、御园一样看待，只要不挡它的驾。任何尊贵的人来临要打扫干净的地方，也没有雪后的干净。我曾在某处服务，那里一年几次，每逢贵宾前来，必定要动员几十个人，洗清一座锦鲤的鱼池，好辛苦的一件事。若是天降大雪，也许捞起鱼来，铺上一大层，大家就省事了。

雪景虽美，代价要得也高。再没有比扫车道更吃力的事。南方不常有雪，一般人家不备雪胎和缚在车胎上的铁链。汽车开不出去，不用说不能出外办公，连菜也不能买。电停了，没有熟食吃，人也要冷坏。我记得故乡大雪，上学、办公、买菜照常，因为这些地方都可以走去，而我们向来是走路的。美国人家和别处，相距几十里，非汽车不可——而且走路又非常危险。这个交通工具固然极好，也很麻烦，人能走的雪地，它不能走，除非换车胎、绑铁链。我们烧煤，不怕停电。也有煤油灯。

所以凡事有备、无备，分别很大。也许今后南方人再遇到大雪，不会像以前那样狼狈。当时美国甚至有二百多人冻死，这个世界上最强盛富足的国家也会碰到这种事，叫人不解。甚至一架飞机竟在华盛顿撞在桥上，死了八十几个人，据调查是飞机上的冰太多，起飞飞不高所致。有人在大雪里走路，发觉脚下踩的有些弹性，再仔细一看，原来是汽车顶。里面有时埋了人。汽车走不动，可以开热气抵御寒冷，但是等汽油耗尽，就只有挨冻了。

大雪的遮掩,只是暂时的,不久地面上又现出本色。雪停了一天,仍旧下个不停。这是怎么一回事呢? 原来树上的雪不断飘下;风吹过来,树枝微微摇摆,雪就震落了,还飒飒作响。走在树下面,要小心。居然这样落几小时,从早到晚,树上才没有雪。

　　天上的冻云那么阴暗,僵而无情,何以落下来却这样洁白,我真有些不解。下了雪,阴天也不暗,黄昏时候,却像午后三四点钟。等太阳出来,雪还没有融,那就真成了大光明的世界了。无线电报告说,那几天歹徒全没有法子活动,大家享了太平,要是这样,有些不便就算了。隔天下午去买菜,超级市场从来没有这样拥挤,希望歹徒不要像买日用品的一样,天一晴,雪一消,就大伙儿全出来。我们的凉台上一清早有足迹,是邻居家大狼狗的。我从来不知道它夜晚会来,狗没有人会提防,所以留下做贼的痕迹。

　　晴了两天,地上的雪还没化完,车道上铲过的地方却已经干了,留下的少许冰雪早就融解。我感到团结的力量。雪虽然寒冷,却是能绝缘的。所以太阳晒不透。把积雪铲掉,打碎,分散,就不能持久了。这个念头和眼前的神话世界不调和。连脚踩在地上都有松脆的声音和感觉,不用说平凡的一草一木都点染了神奇的美了。

　　雪的麻烦到底多些,虽然很美。一年最多一次已经够了。冷似乎好对付些,干手干脚的。

　　　　　　　　　　——辛酉大寒前四日

雪

雪的回忆

◎穆木天

一

雨雪雰霏，令我怀忆起我的故乡来。居在上海，每年固然都冒过几次严寒，可是，总觉得像是没有冬天似的。至少，在江南，冬天是令人不感兴会的。

雪地冰天，没出过山海关的人，总不会尝过那种风味罢。一片皑白，山上，原野上，树木上，房屋上，都是雪。你想象一下好啦，在铅灰色的天空之下，皑白的地面，是如何的一望无边呀。一望是洁白的，是平滑的。

雪！雪夜！雪所笼罩着的平原，雪在上边飞飘着的大野，广漠地，寂静地，在展开着。在雪中，散布着稀稀的人家，好像人们都是鼾睡在自己的安乐窝里。

从冬到春，雪是永远不化的。下了一层又一层，冻了一层又一层。大地冻成琉璃板，人在上边可以滑冰。如果往高山瞅去，你可以看见满目都是洁白的盐，松松地在那儿盖着。

一片无边的是雪的世界。在山上，在原野上，在房屋上，在树木上，都是盖着皑白的雪层。是银的宇宙，是铅的宇宙。

儿时，我叹美着这种雪的世界。现在这种雪的世界，又在

118

我的想象中重现出来了。

过去的一幕一幕,荡漾地,在我的眼前渡了过去。

雨雪雰霏,令我怀忆起我的故乡来。

二

雪!下了好几天的雪,居然停住了。

据人说,在先年,雪还要大,狍子都可以跑到人家的院子里来。又据说,某人张三,当下大雪时,在大门口,亲手捉住了两匹狍子。人们总是讲先年,说先年几个大钱能买多少猪肉,而在下雪的时候,人们多半是要讲先年的雪的故事的。

说这话,是我六岁的时候,也许是七八岁都不定。那时,我是最喜欢听人家讲故事的。特别是坐在热炕头上,听人讲古,是非常有味道的。

人们总是讲先年,说先年冷得多,可是不知道是什么道理。现在想过来,怕是人烟稀少的缘故。我们家里大概是道光年间移过去的。在那时候,我们是"占山户"。那是老祖母时时以为自豪的。你想一想,方圆一二十里,只有一家人家,那该是如何的冷凄呀。现在,人烟是渐渐地稠密了。

东北的冰天雪地中并不如内地人所想象的那样冷。在雨雪雰霏的时节,人们是一样地在外边工作。小孩子们是顶好打雪仗的。

这一年,雪花渐渐地停止了。空中是一片铅灰。地上是一片银白。狗在院里卧着,鸡在院里聚着。族中的一个哥哥,给我们作工,弯着腰,在院里,用笤帚扫雪,扫到车里,预备往外推。小院子里是寂静静的。下了好久的雪,居然停住了。

我看着人扫雪,在院子里,一个人孤独地流连着。抓了抓雪,瞅着,望着院里的大树。寂静的空气支配着。忽然,角门响了一声。东北屯的大哥又来了。

我是最欢喜东北屯的大哥的。他说话是玄天玄地的,两个大眼珠子,咕噜咕噜地动着,很是给我以激刺的。他能打单家雀,而且是"打飞"。他所打的那一手好枪,真不亚于百步穿杨的养由基。真是"百发百中"。他能领我到野外里跑。尤其是,他用沙枪打了好些家雀,晚上,可以煎给我们吃。他一进门,声音就震动了整个的小院落。

在数分钟之后,我们就到了街南的田地里了。是东北屯大哥,在同祖母和母亲说了几句话之后,拿着沙枪,带我出去的。他带我到近处各个大树的所在,打了好些家雀子,带了回来,虽然是冒着寒冷,可是,我是非常地兴高采烈的。

吃着煎家雀,东北屯大哥,大吹大擂地给我们讲雪的故事:哪里雪是如何地大,在哪里他打死了多少兔子,哪里雪给人家封住了门,在哪里他打死了多少野鸡。雪的故事,是最令我怀起憧憬的。

到了夜间,东北屯大哥走了,后街的伯父又来了。祖母在吃消夜酒。祖母絮絮叨叨地讲过来讲过去。随后,她叫后街的伯父说唱了一段"二度梅"。

依稀的月光,从镜帘缝里,透射到屋子里。蒙蒙的雪,又在下着。静夜里,又起了微微的冷风。

三

雪!蒙蒙的雪,下着。院里又铺上了一层棉絮。

我又大了两岁了。这一年冬天,雪是不怎么大。地冻了之后,像是只下着小的雪。

这一个冬天,我们的院子里,好像比往常热闹得多了。我们是住在里边的小院里。外边是一个大的院子。现在,马嘶声,人的往来声,车声,唱歌声,打油的锤声,在外边的院子里交响着。颓废的破大院,顿时,呈出了新兴的气象。

父亲是忙忙碌碌的,从站上跑到家里,从家又跑到站上。一车一车的黄豆,每天,被运进来又被运出去,据说父亲在站上是做"老客"。

一个先生,是麻脸的,教我读书。可是,有时,他也去帮父亲去打大豆的麻包。

外院里,是好几辆车在卸载装载,马在无精打采地,倦怠地站着。身上披着一片一片的雪花。人,往来如梭地,工作着。

我也挤在人堆里。看着他们怎么过斗,怎么过秤,怎样装,怎么杠。

雪雰霏地下着。麻脸先生,划着苏州码子,记着豆包的分量。他的黑马褂上披着白,像是肿了似的。

雪雰霏地下着。秃尾巴狗在院里跑着。飞快地。在雪里轻轻地留下了爪印。

外院的东院是仓子,是马厩,是油房。人往来地运豆子。鸽子,咕噜咕噜地叫着,啄着豆子吃。

像是家道兴隆似的,各个人都在忙着。

晚上,工作完了,父亲同麻脸先生总是谈着行情,商量着"作存"好还是"作空"好。

麻脸先生会交易经卦,据说,他的数理哲学是很灵的。父

亲会算论语卦,有一次算到"长一身有半",于是"作存",果然
赚了。

我呢,我夜里总是跑到油房里去。那里,是又暖烘,又
热闹。

马拉着油碾子,转着。豆子被压扁,从碾盘上落到下边槽
子里。出了一种香的油气,马的眼睛是蒙着的,说是不蒙着,
它们就不干活儿。

同着碾子的人打了招呼,进了去。顺着窄路,走到里边的
房子里,则又是一个世界了。

油匠们欢天喜地地,笑谈着。他们一边在工作着,一边在
讲着淫猥的故事的。

我是欢喜他们的,他们也欢喜我。我上了高高的垫着厚
板的炕上,坐着,躺着,看着他们在作工,一只手操起了大油匠
刘金城所爱看的《小八义》。

我看着他们怎样蒸豆批,怎么打包,怎么上榨,怎么锤打。
那是非常地有趣味的。扬着锤子哪哪地打着,当时,令我想到
呼延庆打擂。而等待着油倾盆如注地淌下来,随后,打开洋草
的包皮,新鲜的豆饼出了榨,我是感到无限满足的。有时,我
是抓一块碎豆饼吃的。

卸了油垛,油匠们又是讲起张家姑娘长和李家媳妇短来
了。他们垂涎三尺地讲着生殖器,有时,那也令我感到无限的
满足的。

听够了,我则看我的《小八义》。我是崇拜猴子阮英的。

很晚地才回到房中睡觉。父亲没有问我。据说第二天要
起早上站去,早就睡了。

翌日,早晨,天还是黑洞洞的时候,就听见车声咕咚咕咚

地从院里响了出去,起来时,听说父亲已经走了。外边小雪在下着。

蒙蒙的雪下着。院里又铺上了一层棉絮。

四

厚厚的雪,下了几场,大地上好像披了丧衣。

隔江望去,远山,近树,平原,草舍,江南的农业试验场,都是盖着皑白的雪。

一带的松花江,成了白雪的平原,江上,盖着"水院子"。时时,在雪里跑着狗爬犁,飞一般地快。

狗爬犁,马爬犁,跑过来,跑过去。御者,披着羊皮大衣,缩着脖,在上边,坐着。

江心里,时时有人来打水。夏天渡江用的"小威虎"(小船),系在岸边上。

夏天的排木没有了。不知道是哪里去了。

风吹着,冰冷地。太阳从雪上反映出银星儿来。人慢慢地工作着。

这是圣诞节前后,我因事回到久别了的故乡省会,看见了这种美丽的雪景。

有人说,吉林省城是"小江南",可是那种美丽的雪景,是在大江南人所梦想不到的。

在火车中,遥望着皑白的雪的大野,是如何的令人陶醉呀!在马车里,听着车轮和马蹄践轧在雪上的声音,是如何的令人欢慰呀!

雪!洁白的雪!晶莹的雪!吱吱作响的雪!我的灵魂好

像是要和它融合在一起了。

在这雪后新晴的午后，几个朋友，同我，站在江滨上，遥望着江南岸。

也许赏雪是对于有闲者的恩物罢。望着，望着，入了神，于是，大家决定了去玩一玩。

于是，从岸上下去，到江面上。

西望了望小白山，北望了望北山，再望了望江南的平川，我们就决定了沿着江流向东方走去。

人多走路是有趣的，特别是走在皎洁绵软的雪上。

在江北岸，是满铁公所与天主堂，雄赳赳地，屹立着，俯瞰着蜿蜒的大江。天主堂的尖塔，突入于萧瑟暗淡的天空中，傲然在君临着一切。

田亩上盖着雪，在江南岸。村外，树林中，有几个小孩子，聚在一起，玩着，闹着。

拉车的拉车，担柴的担柴，打水的打水，老百姓在冰雪中，忙忙碌碌地，工作着。

我们跑着，笑着，玩着。虽然都是快到三十岁的人，但是，到了大自然里，却都像变成小孩子。

远远地望去，龙潭山在江东屹立着。繁密的松柏，披上了珍珠衫子。松柏的叶子，显得异常青翠。

玩着，闹着，打着雪仗，我们，在江心里，不知不觉地，快要到旧日的火药厂的遗址了。望着岸上的废墟，心里，不由地，落下凭吊的泪来。

顺着砖瓦堆积的小路，攀了上去，我们几个人，在积雪中，徘徊着。废墙还是在无力地支持着。那里，已成了野兔城狐的住所了。

我们呼喊，从废墟里，震动出来了回声，同我们相唱和着。回声止处，山川显得越发地寂寥。我呢，不觉要泫然泪下了。

我吊对着残垣上的积雪，沉默着。心中感着无限的哀愁。

江北岸，军械场的烟囱，无力地吐着烟，似在唏嘘，似在讽刺，似在凭吊，似在骄傲，一缕一缕的烟，缥缈地，消散在天空里。也许那是运命的象征罢！

大地是越发地广大了，雪的丧衣，无边无际地，披在大地的上面。

五

雪下了又停，停了又下。这一座古城，像是包围在雪的沉默中了。

这是我离开吉林城的那个冬季。因为当时感到那也许是一个永别，所以，那一年的雪，在我以为，是最值得怀恋的。

从卧室听着外边往来的车，咯吱咯吱地，压踏在雪上，是如何令人愁恼呀！在黎明，在暗夜，我，不眠地，倾听着风雪交加中的响动，是如何的孤独寂寥呀！

我曾在雪后步过那座古城的街上，可是满目凄凉，市面萧条得很。我也曾在晴日踏着雪，访过那些城外的村落，可是，田夫野老都是说一年比一年困苦了。多看社会，是越多会感到凄凉的。

在北山上建了白白的水塔。在松花江上架上了钢铁的江桥。可是，北山麓上，仍然是小的草房在杂沓着，在江桥边上，依然是山东哥们在卖花生米。农村社会没落了。好些商店，也是一个挨着一个地关上了门。

夜间，不寝时，听着外边的声籁，我总是翻来复去地，想着。吉敦、吉海接轨的问题，农村破产的情状，南满铁路陆续地在开会议的消息，是不绝地在我脑子里萦回着。

有时，关灯独坐，望着街道上的灯光照在白雪上，颜色惨白的，四外，死一般地，寂静着，感到是会有"死"要降到这座古城上边似的。

在被雪所包围着的沉默中，无为地，生活着，心中是极度地空虚的。有时，如雪落在城上似的，泪是落在我的心上了。

虽然，过着蛰居者的生活，但是，广大的自然美也是时时引诱着我，而且强烈地引诱着。

雪下了又停，停了又下。沉默的古城，是又越发地显得空旷了。

雪停了，又是一个广大无边的白色的宇宙。

我们，三四个人，在围炉杂谈之后，决定了到江南野外里跑一跑。

走到江边，下去，四外眺望一下，江山如旧。野旷天低，四外的群山，显得越发地小了。小白山显得越发地玲珑可爱。

南望去，远山一带，静静地伏在积雪之中，村落、人家、田野、树木，若互不相识地，遥遥地，相对着。

在一切的处所，都像死的一般地，山川，草木，人畜，在相对无言。沉默的古城，好像到了死的前夜。

我们，三四个人，到了雪色天光之下，群山拥抱的大野里了。

天低着，四外，是空廓，寂寥。

白色，铅色的线与面，构成了整个的水墨画一般的宇宙。

赶柴车的，走着。拾粪的孩子，走着，农夫们，时时，在过路。但都是漠不相关似的。

我们，三四个人，在田间的道上，巡回地，走着。有时，脚步声引出来几声狗吠。但，我们走开，狗吠也随着止住了。

对于神的敬礼，好像也没有以先那样虔诚了。小土地庙已倾圮不堪了。

有时，树上露着青绿的冬青。鸟雀相聚着，聒叫着。待我们走近，立住，鸟儿，就一下子，全飞了起来。

江桥如长蛇似的跨在江上，像我们的血一天一天地被它吸去。

江北岸的满铁公所，好像越发高傲地在俯瞰松花江。它那种姿态，令人感到，是战胜者在示威。

天主堂的钟声哀婉地震响着。是招人赴晚祷呢？还是古城将死的吊钟呢？声音，是凄怆而清脆的。

我们，三四个人，在田野中，走着。暮色渐渐地走近来。我们，被苍茫的夜幕笼罩住了。

在苍茫的夜色里，我是越发地感到凄凉了。那种凄凉的暮色在我脑子里深深地印上了最后的雪的印象。

雪下了又停，停了又下。包在雪中的古城，吐出来死的唏嘘了。

六

雨雪雾霏，令我怀忆起我的故乡来。现在，故乡里，还是依然地下着大雪罢。可是，我呢，则是飘零到大江南，也许会永远没有回到故乡的希望了罢。

和我同样地流离到各处的人，真不知有多少哟。可是，他们同我同样,也怕会永久看不见故乡的美丽的雪景了罢。

在故乡呢,大概山川还是依然存在罢!永远没有家中的消息,亲友故旧是不是还存着呢,那也是不得而知了。特别地,对着雪景,我怀忆起来白发苍苍的老祖母的面影来。

有人从东北来,告诉我东北的农村的荒废。在那广大的原野里,真是"千村万落生荆杞,禾生陇亩无东西"了!

据说:有时土匪绑票子只绑十枝烟卷儿,在到处,人们都是过着变态的生活。

在故乡的大野里,在白雪的围抱中,我看见了到处是死亡,到处都是饥饿。

在白雪上,洒着鲜红的血,是义勇军的,是老百姓的。

据说,故乡的情形完全变样了。现在呈出了令人想象不到的变态的景象来了。

是死亡,是饥饿,是帝国的践踏,是义勇军的抵抗,是在白雪上流着猩红的血。在雪的大野中,是另一个世界了。

我想象不出了。我只是茫然地想象着那种猩红的血,洒在洁白的雪上,在山上,在平原上,在河滨上,洒在一切的上边。

雨雪雰霏,令我回忆起我的故乡来。

雪之舞

◎邵侗

我跟你谈雪的时候，你不要由眼角滑溜一点哂笑。

我是非常、非常地爱雪，你要详细追问原因，一时，我的喉管却被许多争先恐后的话堵塞住了；有着一只初初学啼雏鸡对生命的雀跃；但雪是冷的，而我是热的。

雪来的时候，具有寺院的肃穆，我想她们没有穿鞋袜，你可以看到满天空洁白的脚趾，她们仿佛怕踏坏了什么——怕梧桐光裸的枝、枯萎的菊梗受损。

两手拢在棉袍的袖管里，我取我手肘肌肤的温热，窗外就是银白，皑皑的银白，沁寒的银白。忽然有一种孤独感由隙缝渗入我的身体，那是我童年唯一感到的孤独，我的鼻子贴近窗玻璃，鼻孔喷出的水汽，结凝一块小白雾，小白雾与天井的积雪慢慢增厚，那大门粉黛的门神像隐去了，只模糊看得见黑黑的骨鞭。

忽然跳出来一声脆脆的爆裂，我急急地回头，热切地要拥抱那声音。

厅堂的灰炉中，又有第二颗银杏在跳跃，我知道它们在我的背后；我有了友伴，我便不再感到窗外银白的冷冽。

林子里的松果被白雪抢先收藏。

秋天的芦草都随着河水返乡了。

雪

河水结成了冰冻,变成了路,变成了桥。

我站在坚实的河岸上,眺望冰冻蜿曲的去路,看不见纤夫古铜裸赤的身影;还有他们苍浑而黯沉的歌,一步一个旅程地前行。也许是春天,他们也如候鸟般地准时,河岸又灌溉纤夫的汗粒。河水冰冻得光滑、平坦,连绳索拍打河腹的声音也消失了。我缓缓地走下倾斜的河岸,你知晓否?无须桥,也无须路;甚至一只踽踽的野鸭子,它也和善地剔羽不作规避。

你提醒我还有船!是的,还有船。

但是我伸长了脖子仍旧望不见船;它们回家了?回窝了?或者冬眠了吧!我们不在冬日旅行,冬日我们要看雪;踏雪,把雪踏出一些声音来,再画一幅横七竖八的画幅。

所有的屋檐下,都生长出冰的尖细獠牙。

好像风的手指可弹奏出一点音乐。如果你竖起耳朵听,就能听到雪的絮语,她是顶温柔、顶温柔的耳语;说给你的发听,你的面颊听,你的唇听,你不是真实地听到;但你触及她,便悟然了。

我掬起一掌的雪,捏成一个圆球,慢慢地嚼它。

冷意踱到我的口舌,我的胃肠;然后我的汗毛也冷了才停止咀嚼。

天空中依然飘着鹅毛的雪,我伸出舌尖,要让它们憩息。

远方耸立着一座巍巍的白塔。

那是一座历悠久年代的塔,没有雪,它就出奇地褴褛、丑腐。有一天,我曾经独自登到上面;只看见一地的斑白鸟粪,枯叶、碎瓦,再走下朽旧楼梯的时候,恐怖几乎使我要喊叫。

我奔回家中,满眼眶的泪水。

　　有雪的日子,瘦塔渐渐璀璨、端庄起来;风铃仅管哑喑了,我们抬头的时候,都要张望,张望它,忧忡它突然长出翅膀飞逸。你笑我的愚蠢,我承认——

听雪记

◎毛锜

今我来思，雨雪霏霏。

——《毛诗》

大自然里有许多奇妙的声音，会引起不同人们听觉的兴趣。如水手喜欢听涛声，猎人喜欢听兽鸣，牧童喜欢听黄雀的歌唱，庄稼人喜欢听田禾的拔节；至于从宋玉作《风赋》，欧阳修作《秋声赋》以来，喜欢听风雨虫鸣的人就更多了。苏东坡坐亭闻雨，欣然赋《喜雨亭记》；清朝的福格一辈子喜欢听雨声，最后将他的一本笔记文学索性题名为《听雨丛谈》。最莫名其妙的恐怕要数三国时"建安七子"之一的王粲，一生爱听驴叫。甚至在他死后，为了安慰他的亡魂，曹丕竟领了一伙文士，在他的墓地大学了一阵驴叫，实在是有点滑天下之大稽。

不错，古往今来喜欢听风声雨声的人，委实是屡见不鲜的。但喜欢听雪者则似乎罕有所闻。唐朝的王维可能听过一回吧？因为他画的《袁安卧雪图》就是一个证明。那雪景里还陪衬着几棵芭蕉，我想那一定是雪打芭蕉的微妙音响，勾起了诗人兼画家王摩诘的某些情思，因而才有了这"神来之笔"吧！

当然，我说听雪者"罕有所闻"，并非是说压根儿就没有，也不是说只有画过雪里芭蕉的王维才是绝无仅有的一个例子。我在记忆里搜索一番，果然找出了一则诗人听雪的佳话来：明朝番禺(今广东)诗人黄哲，初次北上的时候，因为是岭南人，生平未见过下雪，因而对北方下雪格外感兴趣。当盘桓旅次的时候，别人都围着火炉取暖，他却专门去"倚篷听雪"，还称赞说："天下奇音，莫过于是。"后来回去，便建造了一座亭轩，起名为"听雪篷"。他对落雪的声音耽恋如此，最后将自己的诗集也命名为《雪篷集》。人生的听觉的愉悦，实在是各得其趣啊！

天下的事情往往是"无独有偶"，下边我要记述的就是我自己亲历的一次听雪——

那是去年元宵节的前夕，我和几位朋友到古城南郊的医院去看望一位住院的老同志，当告辞出来时，忽然天气骤变，刮起了一阵清冷的风，下起了霏霏细雨。刚才还是风和日丽，眨眼又是春寒料峭。一件雨具也没带，我们不敢在风雨中耽延，连忙跑步钻进了一辆开赴城内的公共汽车，还没等我们站稳脚，汽车便风掣电闪般地驶进了一片雾蒙蒙的雨幕中。这时，车窗处传来的风声、雨声，几乎连我们面对面讲话的声音都盖住了。

大约有二十分钟左右，汽车便到了大雁塔车站，车门一开，忽然涌上来一批穿着五颜六色服装的青年男女：他们有的挎着照相机，有的提着录音机。虽然，一个个被雨淋得落汤鸡似的，可是都喜笑颜开，兴致挺高。用不着介绍，单凭他们的服饰和一口地道的广东话，就能断定这是一批回内地旅游的港澳同胞。

"最难风雨故人来"，看到这批乐呵呵的青年人，我的头脑里很自然地跳出了这么一个诗句。可是还没等我开口，我的一位朋友已和其中的一位会讲普通话的姑娘搭讪上了。

"刚游览了大雁塔吧？"

"是的。"

"你们是从哪儿来的？"

"香港和澳门。"

"你们对这座历史古城的印象如何？"

"挺好，"姑娘禁不住满怀喜悦地说，"不来这儿，真不知祖国有这么悠久的历史和古老的文化！"

这时，一位港澳男青年也插上来，用刚刚学会的半生不熟的普通话说："真好，这儿的一草一木都令人留恋！"

车子继续顶着风雨朝城内急驰着，车窗外的景色已由灰蒙蒙而转为一片混沌。我禁不住说："想不到，你们第一次来游古城，就遇到这样一个倒霉天气！"

"不，"姑娘反驳说，"这样不是更有趣吗？"

没想到她的这句话刚落点，"更有趣"的景象果然发生了——不知不觉地，车窗外的一片蒙蒙雨雾，顿时化作一场飞雪了。

"雪，雪，雪……"几位香港的男女青年几乎不约而同地狂喜般地叫了起来，并一起涌向车窗。

也许是因为天气骤然变冷的原因，这场"雨搅雪"确有"撒盐空中差相似"的味道，你听那小小的结晶体——霰，打在车窗上乒乒乓乓地脆响吧！

"你们听，"还是那位会讲普通话的姑娘向同伴们喊道，"这祖国北方落雪的声音多美妙啊！"

另一个港澳男青年仄起耳朵听着："真的，比咱们那儿雨打芭蕉的声音还要好听！"说着，他竟打开自己的录音机，在录这美妙的音响了。而另外的几位,则顺手打开自己的照相机,在"咔嚓"、"咔嚓"地为这罕见的春雪拍照,边拍还边说:"'瑞雪兆丰年',祖国又迎来了个丰收年啊!"

这时,公共汽车上的乘客,都被这些港澳同胞因听雪而掀起的一股欢乐的冲击波,弄得气氛炽烈起来了。仿佛大家并不是坐着一辆驶往城内的普通公共汽车,而简直是一辆开往远方的载歌载舞的吉卜赛人的大篷车了!

还是那位会讲普通话的姑娘出了个新节目,她忽然转过头来,似在对着她的同伴,也似在对着我们,竟吟咏般地念道:"我亲爱的小傻瓜,"开始这一句还几乎叫大家愣住了,可是紧接着我便听清了,她是在朗诵法国大作家乔治·桑在写给福楼拜那封信上对白雪的赞歌:

> ……我们埋在雪底下了;我顶爱下雪了:这种白颜色就像一种普遍的净化,室内的娱乐越发亲密、越发甜蜜了。人怎么能恨乡间的冬天!雪是一年最美丽的景色之一!

啊,我禁不住率先为这位可爱的姑娘鼓起掌来,接着大家也报以热烈的掌声。

"一点不错,"我的朋友补充说,"如果能把其中'室内娱乐'一句改为'车内谈话',用来概括咱们此时此刻的气氛,岂不更确切些吗?!"

我的这位朋友是搞音乐的,我灵机一动,建议他说:"老兄,想来你已经捕捉到了落雪的旋律,有机会替这些青年朋友谱一支《听雪记》吧?"

这一说,港澳的青年男女们齐声称好,车上顿时又荡起一片欢乐。

对于这批第一次来到祖国北方的青年人见到飞雪的喜悦心情，我是完全理解的，这就像我那一年到南方，第一次看到"玉鉴琼田三万顷"的大海，听到"渔阳鼙鼓动地来"似的涛声一样，恨不得驭风飞升，仰天长啸！

车子在继续飞驰着，车窗外雨雪霏霏，眼前已出现了白雪皑皑的城墙和雉堞。这时，我不由得转向这批远方来的青年人，替他们朗诵了两句《毛诗》：

今我来思，雨雪霏霏。……

眨眼，一年又过去了，刚过了元旦，这古城又是"九冬飘雪远，六出表丰年"的景象了。也不知道我的那位朋友谱出了《听雪记》的音乐没有，可我望着窗外飞舞的雪花，忆起了去年和港澳青年同车听雪的那段趣事，却等不及先要来追述一番了。

"沙，沙，沙……"听着窗外的落雪声，我也出神了，耳旁似乎又响起了那批港澳青年的欢叫声。听说，近来来古城旅游的港澳同胞和海外华侨比去年更多了，想来，他们之中也一定有些人，会和去年那批港澳青年一样，为领略到这听雪之乐而感到无限欣喜吧！

1982 年 1 月 6 日于西安

香海雪影

◎芮麟

乙丑冬至前三天，恰遇大雪，我同了几位朋友，踏雪到梅园去看雪景。雪里的梅园，别有一番风味。可惜我描写的本领不高，不能把当时的真相曲曲传出，只记了这篇流水账。

“雪啊！……雪啊！”一阵骇异而带喜欢的声浪，惊起了恹恹未醒的我，放眼一望，果然白茫茫一片模糊：疏疏的柳条和枯黄的叶儿，都妆成银枝玉叶了。“忽如一夜春风来，千树万树梨花开”，我这样兴奋地立在楼窗边，欣赏大自然间光明、温柔、祥瑞的景象。早餐后，雪花越下越大了；那癫狂也似的粉蝶儿，密密层层，团团片片，风推云涌般扑向地面上来；不料这漫天飞絮，竟鼓起了我们踏雪探梅的清兴。当时结合了六七位同志，个个精神抖擞，预备和风雪交战。虽然各人颈里都围着手巾，但是无情的冷风，还是呼呼地向面上刮来；而偏惯弄人的粉蝶，仍旧不住地向颈里直钻。平时崎岖难行的马路，现在给雪花轻轻地填平了；雄伟俊秀的龙山，罩着一件缟素舞衣，因雪花的飘动，银光闪烁，也似乎在那里微微舞蹈似的。田里青葱的麦苗，覆着洁白的雪花，更加雅美，简直把我们几个清游徒陶醉了。

春日的梅园，杏雨飘梅，多么美丽啊；夏日的梅园，熏风拂荷，多么爽畅啊；秋日的梅园，霜菊飞黄，何等幽逸啊！今日的梅园，却不同了：苍山覆雪，明烛天南，虽没有春日的红杏，夏日的绿荷，秋日的黄菊，但依旧美丽、爽畅、幽逸，正所谓总四时的胜景于一朝了。我们狂歌呜呜，深深的空山，寂寂的梅园，暂时给我们变热闹了。几十只野八哥，聚在苍翠的冬青上，弄它们的如簧之舌，似乎领略了大自然的款款深情，在那儿歌颂自然之美般的。我们到处都见权丫错落的梅树，但还含苞未放。这时雪下得慢慢儿小了，忽有位同学拿了几枝梅花，笑盈盈地走来说："梅花开了！"我们很觉奇怪，想到这样冷的天气，梅花哪会开呢？大家便跟他走，果然篱边有蜡梅三四枝，寒梅几枝，也都开着满满的花儿，暗香浮动，时时同飞絮送到我们的鼻管里来。梅花本是百花的先锋，现在这几株梅花更是先锋队中的先锋了。"此花自信无轻骨，不向春风乞笑怜。"二句把梅花的冰肌玉骨和冲寒冒雪的精神、气节，描写得淋漓尽致了。昔人诗云"梅须逊雪三分白，雪却输梅一段香"，又云"有梅无雪不精神"，可见古人总将雪与梅相提并论的。单梅固然寂寞，单雪也觉扫兴，现在梅雪都有，我们竟得流连在这"别有天地非人间"的仙境，享受清福，正是天假之缘了。

　　诵幽堂侧的枫林，前星期我们来的时候，叶儿被夕阳照了，红得和火烧一般；现在刮了几天风，枫叶都掉在墙角，积成厚厚的一层，上边盖着雪花，好像一条棉被。远望太湖，但见满眼迷茫，既看不见浊浪排空的雄壮气概，也看不见水波不兴的秀丽景象。因为大自然间的一切，都给雪花搅乱了。湖边峰峦接连着云霞，云霞也接连了峰峦，几乎没有区别；但是云霞的距离毕竟远，颜色比较的淡些，峰峦的距离毕竟近，颜色比较的深些,所以虽在这漫天风雪的时候,约略还可辨认;倘使远远地望去,便觉模模糊糊一片,真的不能指出哪是峰峦,哪是云霞了。浩浩无际的湖面,好像一张白纸,那大小的风帆和远近的山峰,就如纸上的画图;湖心里的船篷,粗粗一看,竟是紧贴在峰峦的半腰里,构成一带白光。我平时看见图画上,往往湖里的船篷,画在湖边的山腰里,我总有些怀疑,现在看了这幅自然的画图,便恍然大悟了。湖边的独山,高低和我们所处的地位差不多,好像案台一样排列在面前;到此远近几十里的风景,已一览无遗了。诵幽堂里的对联,都是平日看惯了的,本没有什么特别引人的地方,但是今天因有洁白的银雪和破雪而开的寒梅,所以感想也仿佛有些不同。我们愈走愈高,而所见的风景也愈奇愈妙,到小罗浮时,觉得群山环拱,已置身于凌虚御境了。"到此已穷千里目,谁知方上一层楼",我们在诵幽堂时,自谓四周的景象已一览无遗了,哪知到此却另有一番胜概啊!到招鹤亭,地位已是极高,幽美的风景,满眼呈前,可是那无情的风和无知的雪,相逼刮到脸上和颈里,叫人不可久留,于是我们便和亲爱的仙境告辞了。一线的骄阳也已从雪缝里慢慢儿透出和暖的光辉来,这时各人的心田里,充满着快乐、幽逸、超脱的念头,至于忧虑、烦恼、悲愤的心理,早已与雪俱化,消归九霄云外了。

1925 年 12 月 26 日

陶然亭的雪

◎俞平伯

　　悄然的北风,黯然的彤云,炉火不温了,灯还没有上呢。
这又是一年的冬天。在海滨草草营巢,暂止飘零的我,似乎不
必再学黄叶们故意沙沙地作成那繁响了。老实说,近来时序
的迁流,无非逼我换了几回衣裳;把夹衣叠起,把棉衣抖开,这
就是秋尽冬来的唯一大事。至于秋之为秋,冬之为冬,我之为
我,一切之为一切,固依然自若,并无可叹可悲可怜可喜的意
味,而且连那些意味的残痕也觉无从觅哩。千条万派活跃的流
泉似全然消释于无何有之乡土,剩下"漠然"这么一味来相伴
了。看看窗外酿雪的彤云,倒活画出我那潦倒的影儿一个。像
这样喑哑无声的蠢然一物,除血脉呼吸的轻颤以外,安息在冬
天的晚上,真真再好没有了。有人说,这不是静止——静止是
没有的——是均衡的动,如两匹马以同速同向去跑着,即不异
于比肩站着的石马。但这些问题虽另有人耐烦去想,而我则岂
其人呢。所以于我顶顶合适,莫如学那冬晚的停云。(你听见
它说过话吗?)无如编辑《星海》的朋友们逼我饶舌。我将怎样
呢?——有了! 在"悄然的北风,黯然的彤云,炉火不温了,灯
还没有上呢"这个光景下,令我追忆昔年北京陶然亭之雪。

　　我虽生长于江南,而自曾北去以后,对于第二故乡的北京

也真不能无所恋恋了。尤其是在那样一个冬晚,有银花纸糊裱的顶棚和新衣裳一样焠缲的纸窗,一半已烬一半还红着,可以照人须眉的泥炉火,还有墙外边三两声的担子吆喝。因房这样矮而洁,窗这样低而明,越显出天上的彤云格外地沉凝欲堕,酿雪的意思格外浓鲜而成熟了。我房中照例上灯独迟些,对面或侧面的火光常浅浅耀在我的窗纸上,似比月色还多了些静穆,还多了些凄清。当我听见廓落的院子里有脚步声,一会儿必要跟着"砰"关风门了,或者"砬搭"下帘子了。我便料到必有寒紧的风在走道的人颈傍拂着,所以他要那样匆匆地走。如此,类乎此的黯淡的寒姿,在我忆中至少可以匹敌江南春与秋的姝丽了,至少也可以使惯住江南的朋友们了解一点名说苦寒的北方,也有足以系人思念的冬之黄昏啊。有人说,"这岂不将勾惹我们的迟暮之感?"真的!——可是,咱们谁又是专喝蜜水的人呢。

总是冬天吧,(谁要你说?)年月日是忘怀了。读者们想绝不屑介意于此琐琐的,所以忘怀倒也没要紧。那天是雪后的下午。我其时住在东华门侧一条曲折的小胡同里,而G君所居更偏东些。我们雇了两辆"胶皮",向着陶然亭去,但车只雇到前门外大外郎营。(从东城至陶然亭路很远,冒雪雇车很不方便。)车轮咯咯吱吱地切碾着白雪,留下凹纹的平行线,我们遂由南池子而天安门东,渐逼近车马纷填,兀然在目的前门了。街衢上已是一半儿泥泞,一半儿雪了。幸而北风还时时吹下一阵雪珠,蒙络那一切,正如疏朗溟濛的银雾。亦幸而雪在北京,似乎是白面捏的,又似乎是白泥塑的。(往往到初春时,人家庭院里还堆着与土同色的雪,结果是成筐地挑了出去完事。)若移在江南,檐漏的滴答,不终朝而消尽了。

言归正传。我们下了车，踏着雪，穿粉房琉璃街而南，炫眼的雪光愈白，栉比的人家渐寥落了。不久就远远望见清旷莹明的原野，这正是在城圈里耽腻了的我们所期待的。累累的荒冢，白着头的，地名叫作窑台。我不禁联想那"会向瑶台月下逢"的所谓瑶台。这本是比拟不伦，但我总不住地那么想。

那时江亭之北似尚未有通衢。我们踯躅于白氅衣广覆着的田野之间，望望这里，望望那里，都很像江亭似的。商量着，偏西南方较高大的屋，或者就是了。但为什么不见一个亭子呢？藏在里边吧？

到拾级而登时，已确信所测不误了。然踏穿了内外竟不见有什么亭子。幸而上面挂着的一方匾，否则那天到的是不是陶然亭，若至今还是疑问，岂非是个笑话。江亭无亭，这样的名实乖违，总使我们怅然若失。我来时是这样预期的，一座四望极目的危亭，无碍无遮，在雪海中沐浴而嬉，宛如回旋的灯塔在银涛万沸之中，浅礁之上，亭亭矗立一般。而今竟只见拙钝的几间老屋，为城圈之中所习见而不一见的，则已往的名流觞咏，想起来真不免黯然寡色了。

然其时雪又纷纷扬扬而下来，跳舞在灰空里的雪羽，任意地飞集到我们的粗呢氅衣上。趁它们未及融为明珠的时候，我即用手那么一拍，大半掉在地上，小半已渗进衣襟去。"下马先寻题壁字"，来来回回地循墙而走，咱们也大有古人之风呢。看看咱们能拾得什么？至少也当有如"白丁香折玉亭亭"一样的句子被传诵着吧。然而竟终于不见！可证"一蟹不如一蟹"这句老话真是有一点意思的。后来幸而觅得略可解嘲的断句，所谓"卅年戎马尽秋尘"者，从此就在咱们嘴里咕噜着了。

在曲折廓落的游廊间，当北风卷雪渺无片响的时分，忽近处递来琅琅的书声。谛听，分明得很，是小孩子的。它对于我们十分亲密，因为和从前我们在书房里所唱出的正是一个样子的。这尽可以使我重温热久未曾尝的儿时的甜酒，使我俯拾眠歌声里的温馨梦痕；并可以减轻北风的尖冷，抚慰素雪的飘零，换一句干脆点的话，就是在清冷双绝的况味中，它恰好给喝了一点热热酽酽的东西，使一切已凝的，一切凝着的，一切将凝的，都软洋洋舞着腰肢不自支持了。

书声还正琅琅然呢。我们寻诗的闲趣被窥人的热念给岔开了。从回廊下踅过去，两明一暗的三间屋，玻璃窗上帷子亦未下。天色其时尚未近黄昏；唯云天密吻，酿雪意的浓酣，阡陌明胸，积雪痕的寒皎，似乎全与迟暮合缘，催着黄昏快些来吧。至屋内的陈设，人物的须眉，已尽随年月日时的迁移，送进茫茫昧昧的乡土，在此也只好从缺。几个较鲜明的印象，尚可片片掇拾以告诸君的，是厚的棉门帘一个；肥短的旱烟袋一支；老黄色的《孟子》一册，上有银硃圈点，正翻到《离娄》篇首；照例还有白灰泥炉一个，高高的火苗窜着；以外……"算了吧，你不要在这儿写账哟！"

游览必终之以大嚼，是我们的惯例，这里边好像有鬼催着似的。我曾和我姊姊说过，"咱们以后不用说逛什么地方，老实说吃什么地方好了。"她虽付之一笑，却不斥我为胡闹，可见中非无故了。我且曾以之问过吾师。吾师说得尤妙，"好吃是文人的天性"，这更令我不便追问下去。因为既曰天性，已是第一因了。还要求它的因，似乎不很知趣。如理化学家说到电子，心理学家说到本能，生机哲学者说到什么"隐得而希"……

闲言少表。天性既不许有例外,谈到白雪,自然会归到一条条的白面上去。不过这种说法是很辱没胜地的,且有点文不对题。所以在江亭中吃的素面,只好割爱不谈。我只记得青汪汪的一炉火,温煦最先洒在人的双颊上。那户外的尖风呜呜地独自去响。倚着北窗,恰好鸟瞰那南郊的旷莽积雪。玻璃上偶沾了几片鹅毛碎雪,更显得它的莹明不滓。雪固白得可爱,但它干净得尤好。酿雪的云,融雪的泥,各有各的意思;但总不如一半留着的雪痕,一半飘着的雪花,上上下下,迷眩难分的尤为美满。脚步声听不到,门帘也不动,屋里没有第三个人。我们手都插在衣袋里,悄对着那排向北的窗。窗外有几方妙绝的素雪装成的册页。累累的坟,弯弯的路,枝枝丫丫的树,高高低低的屋顶,都秃着白头,耸着白肩膀,危立在卷雪的北风之中。上边不见一只鸟儿展着翅,下边不见一条虫儿蠢然地动(或者要归功于我的近视眼),不用提路上的行人,更不用提马足车尘了。唯有背后已热的瓶笙吱吱地响,是为静之独一异品;然依昔人所谓"蝉噪林逾静"的静这种诠释,它虽努力思与岑寂绝缘终久是失败的哟。死样的寂每每促生胎动的潜能,唯万寂之中留下一分两分的喧哗,使就烬的赤灰不致以内炎而重生烟焰;故未全枯寂的外缘正能孕育着止水一泓似的心境。这也无烦高谈妙谛,只当咱们清眠不熟的时光便可以稍稍体验这番悬谈了。闲闲地意想,乍生乍灭,如行云流水一般地不关痛痒,比强制吾心,一念不着的滋味如何? 这想必有人能辨别的。

　　炉火使我们的颊热,素面使我们的胃饱,飘零的暮雪使我们的心越过越黯淡。我们到底不得不出去一走,到底不得不面迎着雪,脚踹着雪,齐向北快快地走。离亭数十步外有一土坡,上开着一家油厂;厂右有小小的新坟并立。从坟头的小碣,知道一个葬的是鹦鹉;一个名为香冢,想又是美人黄土那类把戏了。只是一件,油厂有狗,喜拦门乱吠。G君是怕狗的;因怕它咬,并怕那未必就咬的吠,并怕那未必就吠的狗。而我又是怯登土坡的,雪覆着的坡子滑滑的难走,更有点望之生畏。故我们商量商量,还是别去为妙。

我们绕坡北去时,G君抬头而望(我记得其时狗没有吠)对我说,来年春归时,种些红杜鹃花在上面。我点点头。路上还商量着买杜鹃花的价钱……现在呢,然而现在呢? 我惆怅着夙愿的虚设。区区的愿原不妨辜负;然区区的愿亦未免辜负,则以外的岂不又可知了。——北京冬间早又见了三两寸的雪,而上海至今只是黯然的彤云,说是酿雪,说是酿雪,而终于不来。这令我由不得追忆那年江亭玩雪的故事。

1924 年 1 月 12 日

西湖的雪景

——献给许多不能与我共欣赏的朋友

◎钟敬文

从来谈论西湖之胜景的,大抵注目于春夏两季;而各地游客,也多于此时翩然来临——秋季游人已暂少,入冬后,则更形疏落了。这当中自然有所以然的道理。春夏之间,气温和暖,湖上风物,应时佳胜,或"杂花生树,群莺乱飞",或"浴晴鸥鹭争飞,拂袂荷风荐爽",都是要教人眷眷不易忘情的。于此时节,往来湖上,陶醉于柔婉芳馨的情趣中,谁说不应该呢?但是春花固可爱,秋月不是也要使人喜欢么?四时的烟景不同,而真赏者各能得其佳趣;不过,这未易泛求于一般人罢了。高深父先生曾告诉过我们:"若能高朗其怀,旷达其意,……览景会心,便得真趣。"这是前人深于体验的话。

自宋朝以来,平章西湖风景的,有所谓"西湖十景"、"钱塘十景"之说,虽里面也曾列入"断桥残雪"、"孤山霁雪"两个名目,但实际上,真的会去赏玩这种清寒的景致的,怕没有很多人吧。《四时幽赏录》的著者,在"冬时幽赏"门中,言及雪景的,几占十分的七八,其名目有"雪霁策蹇寻梅"、"三茅山顶望江天雪霁"、"西溪道中玩雪"、"扫雪烹茶玩画"、"山窗听雪敲竹"、"雪后镇海楼观晚炊"等。其中大半所述景色,读了不禁移人神思,固不徒文字粹美而已。

西湖的雪景，我共玩了两次。第一次是在此间初下雪的第三天。我于午前十点钟时才出去。一个人从校门乘黄包车到湖滨，下车，徒步走出钱塘门，经白堤，旋转入孤山路，沿孤山西行，到西泠桥，折由大道回来。此次雪本不大，加以出去时间太迟，山野上盖着的，大都已消去，所以没有什么动人之处。现在我要细述的，是第二次的重游。

那天是一月廿四日。因为在床上感到意外冰冷之故，清晨初醒来时，我便推知昨宵是下了雪。果然，当我打开房门一看时，对面房屋的瓦上全变成白色了，天井中一株木樨花的枝叶上，也点缀着一小堆一小堆的白粉。详细地看去，觉得比目前两三回所下的都来得大些，因为以前的虽然也铺盖了屋顶，但有些瓦沟上却仍然是黑色。这天却一色地白着，绝少铺不匀的地方了。并且都厚厚的，约莫有一两寸高的程度。目前的雪，虽然铺满了屋顶，但于木樨花树，却好像全无关系似的，这回它可不免受影响了，这也是雪落得比较大些的明证。

老李照例是起得很迟的。有时我上了两课下来，才看见他在房里穿衣服，预备上办公厅去。这天，我起来跑到他的房里，把他叫醒之后，他犹带着几分睡意地问我道："老钟，今天外面有没有下雪？"我回答他说："不但有呢，并且很大。"他起初怀疑着，直待我把窗内的白布幔拉开，让他望见了屋顶才肯相信。"老钟，我们今天到灵隐去耍子吧？"他很高兴地说。我"哼"地应了一声，便回到自己的房里来了。

我们在校门口上车时，大约已九点钟左右了，时小雨霏霏，冷风拂人如泼水。从车帘两旁缺处望出去，路旁高起之地，和所有一切高低不平的屋顶，都撒着白面粉似的，又如铺陈着新打好的棉被一般。街上的已经大半变成雪泥，车子在上面碾过,不绝地发出唧唧的声音,与车轮转动时,磨擦着中间横木的音响相杂。

我们到了湖滨,便换登汽车。往时这条路线的搭客是相当热闹的,现在却很冷落了。同车的不到十个人,为遨游而来的客人怕还没有一半。当车驶过白堤时,我们向车外眺望内外湖风景,但见一片迷蒙的水汽弥漫着,对面的山峰,只有几乎辨不清楚的薄影。葛岭、宝石山这边,因为距离比较密迩的缘故,山上的积雪和树木,大略可以看得出来;但地位较高的保俶塔,便陷于朦胧中了。到西泠桥近前时,再回望湖中,见湖心亭四围枯秃的树干,好似怯寒般地在那里呆立着,我不禁联想起《陶庵梦忆》中一段情词幽逸的文字来:

> 崇祯五年十二月,余住西湖。大雪三日,湖中人鸟声俱绝。是日更定矣,余拏一小舟,拥毳衣炉火,独往湖心亭看雪雾淞沆砀。天与云与山与水上下一白,湖上影子,唯长堤一痕,湖心亭一点,与余舟一芥,舟中人两三粒而已。到亭上,有两人铺毡对坐,一童子烧酒炉正沸,见余大喜,曰:"湖中焉得更有此人!"拉余同饮,余强饮三大白而别。问其姓氏,是金陵人,客此。及下船。舟子喃喃曰:"莫说相公痴,更有痴似相公者!"(《湖心亭看雪》)

心想这时不知湖心亭上,尚有此种痴人否?车过西泠桥以后,暂时驶行于两边山岭林木连接着的野道中。所有的山上,都堆积着很厚的雪块,虽然不能如瓦屋上那样铺填得均匀普遍,那一片片清白的光彩,却尽够使我感到宇宙的清寒、壮旷与纯洁了。常绿树的枝叶上所堆着的雪,和枯树上的很有差别。前者因为有叶子衬托着之故,雪片特别堆积得大块点,远远望去,如开满了白的山茶花,或吾乡的水锦花。后者,则只有一小小块的雪片能够在上面粘着不堕落下去,与刚着花的梅李树绝对相似。实在,我初头几乎把那些近在路旁的几株错误了。野山上半黄或全赤了的枯草,多压在两三寸厚的雪褥下面;有些枝条软弱的树,也被压抑得欹欹倒倒的。路上行人很稀少。道旁野人的屋里,时见有衣着破旧而笨重的老人、童子,在围着火炉取暖。看了那种古朴清贫的情况,仿佛令我暂时忘怀了我们所处时代的纷扰、繁遽了。

到了灵隐山门,我们便下车了。一走进去,空气怪清冷的,不但没有游客,往时那些卖念珠、古钱、天竺筷子的小贩也不见了。石道上铺积着颇深的雪泥。飞来峰疏疏落落地着了许多雪块,冷泉亭及其他建筑物的顶面,一例地密盖着纯白色的毡毯。一个拍照的,当我们刚进门时,便紧紧地跟在后面,因为老李的高兴,我们便在冷泉亭旁照了两个影。

好奇心打动着我,使我感觉到眼前所看到之不满足,而更向处境较幽深的韬光庵去。我悄悄地尽移着步向前走,老李也不声张地跟着我。以灵隐寺到韬光庵的这条山径,实际上虽不见怎样地长;但颇深曲而饶于风致。这里的雪,要比城中和湖上各处都大些,在径上的雪,大约有半尺来厚,两旁树上的积雪,也比来路上所见的浓重。曾来游玩过的人,该不会忘记的吧,这条路上两旁是怎样地繁植着高高的绿竹。这时,竹枝和竹叶上,大都着满了雪,向下低低地垂着。《四时幽赏录》山窗听雪敲竹条云:"飞雪有声,唯在竹间最雅。山窗寒夜,时听雪洒竹林,淅沥萧萧,连翩瑟瑟,声韵悠然,逸我清听。忽而回风交急,折竹一声,使我寒毡增冷。"这种风味,我们是没有福分消受的。

在冬天,本来是游客冷落的时候,何况这样雨雪清冷的日子呢?所以当我们跑到庵里时,别的游客一个都没有——这在我们上山时看山径上的足迹便可以晓得的——而僧人的眼色里,并且也有一种觉得怪异的表示。我们一直跑上最后的观海亭。那里石阶上下都厚厚地堆满了水沫似的雪,亭前的树上,雪着得很重,在雪的下层并结了冰块。旁边有几株山茶花,正在艳开着粉红色的花朵。那花朵有些坠下来的,半掩在雪花里,红白相映,色彩灿然,使我们感到华而不俗,清而不寒;因而联忆起那"天寒翠袖薄,日暮倚修竹"的佳人来。

登上这亭,在平日是可以近瞰西湖,远望浙江,甚而至于那缥缈的沧海的。可是此刻却不能了。离庵不远的山岭、僧房、竹树,尚勉强可见,稍远则封锁在茫漠的烟雾里了。

> 空斋躅壁卧,忽梦溪山好。
>
> 朝骑秃尾驴,来寻雪中道。
>
> 石壁引孤松,长空没飞鸟。
>
> 不见远山横,寒烟起林杪。(《雪中登黄山》)

我倚着亭柱,默默地在咀嚼着渔洋这首五言诗的清妙;尤其是结尾两句,更道破了雪景的三味。但说不定许多没有经验的人,要笑它是无味的词句呢。文艺的真赏鉴,确实是件不容易的事!

本来拟在僧房里吃素面的,不知为什么,竟跑到山门前的酒楼喝酒了。老李不能多喝,我一个人也就无多兴致干杯了。在那里,我把在山径上带下来的一团冷雪,放进在酒杯里混着喝。堂倌看了说:"这是顶上的冰淇淋呢。"

半因为等不到汽车,半因为想多玩一点雪景,我们决意步行到岳坟才叫划子去游湖。一路上，虽然走的是来时汽车经过的故道，但在徒步观赏中，不免觉得更有意味了。我们的革履，踏着一两寸厚的雪泥前进，频频地发出一种清脆的声音。有时路旁树枝上的雪片，忽然丢了下来，着在我们的外套上，正前人所谓"玉堕冰柯，沾衣生湿"的情景。我迟回着我的步履，旷展着我的视域，油然有一派浓重而灵秘的诗情，浮上我的心头来，使我幽然意远，漠然神凝。郑綮对人说他的诗思在灞桥雪中，驴背上，真是懂得冷趣的说法。

当我们在岳王庙前登舟时，雪又纷纷地下来了。湖里除了我们的一只小划子以外，再看不到别的舟楫。平湖漠漠，一切都沉默无哗。舟穿过西泠桥，缓泛里西湖中，孤山和对面诸山及上下的楼亭房屋，都白了头，在风雪中兀立着。山径上，望不见一个人影；湖面连水鸟都没有踪迹，只有乱飘的雪花坠下时，微起些涟漪而已。柳宗元诗云："千山鸟飞绝，万径人踪灭。孤舟蓑笠翁，独钓寒江雪。"我想这时如果有一个渔翁在垂钓，它很可以借来说明眼前的景物。

舟将驶近断桥的时候，雪花飞飘得更其凌乱，我们向北一面的外套，差不多大半白而且湿了。风也似乎吹得格外紧劲些，我的脸不能向它吹来的方面望去。因为革履渗进了雪水的缘故，双足尤冰冻得难忍。这时，本来不多开过口的舟子，忽然问我们道："你们觉得此处比较寒冷么？"我们问他什么缘故，据说是宝石山一带的雪山风吹过来的原因。我于是默默地联想到智识的范围和它的获得等问题上去了。

我们到湖滨登岸时，已是下午三点多钟了。公园中各处都堆满了雪，有些已经变成了泥泞，除了极少数在等生意的舟子和别的苦力之外，平日朝夕在此间舒舒地来往着的少男少女、老爷太太,此时大都密藏在"销金帐中","低斟浅酌,饮羊羔美酒"——至少也靠在腾着红焰的火炉旁,陪伴家人或挚友,无忧虑地大谈其闲天——以享受着他们"幸福"的时光,再不愿来这风狂雪乱的水涯,消受贫穷人所惯受的寒冷了!

1929 年 1 月末日写成

雪

风雪华家岭

◎茅盾

"西兰公路"在 1938 年还是有名的"稀烂公路"。现在
(1940 年)这一条七百多公里的汽车路,说一句公道话,实在
不错。这是西北公路局的"德政"。现在,这叫作兰西公路。

在这条公路上,每天通过无数的客车、货车、军车,还有更
多的胶皮轮的骡马大车。旧式的木轮大车,不许在公路上行
走,到处有布告。这是为的保护路面。所谓胶皮轮的骡马大
车,就是利用汽车的废胎,装在旧式大车上,二匹牲口拉,牲口
有骡有马,也有骡马杂用,甚至两骡夹一牛。今天西北,汽油
真好比血,有钱没买处;走了门路买到的话……六七十元一加
仑。胶皮轮的骡马大车于是成为公路上的骄子。米、麦粉、布
匹、盐……以及其他日用品,都赖它们转运。据说这样的胶皮
轮大车,现在也得二千多块钱一乘,光是一对旧轮胎就去了八
九百。公路上来回一趟,起码得一个月工夫,光是牲口的饲
料,每头每天也得一块钱。如果依照迪化一般副官勤务们的
"逻辑",五匹马拉的大车,载重就是五千斤,那么,兰西公路上
的骡马大车就该载重三千斤了。三乘大车就等于一辆载货汽
车,牲口的饲料若以来回一趟三百元计算,再加车夫的食宿薪
工共约计七百,差不多花了一千元就可以把三吨货物在兰西
公路上来回运这么一趟,这比汽车实在便宜了六倍之多。

但是汽车夫却不大欢喜这些骡马大车,为的他们常常梗阻了道路,尤其是在翻过那高峻的六盘山的时候,要是在弯路上顶头碰到这么一长串的骡马大车,委实是"伤脑筋"的事。也许因为大多数的骡马是刚从田间来的"土包子",它们见了汽车就惊骇,很费了手脚才能控制。

　　六盘山诚然险峻,可是未必麻烦;路基好,全段铺了碎石。一个规矩的汽车夫,晚上不赌、不嫖、不喝酒,睡一个好觉,再加几分把细,总能平安过去;倒是那华家岭,有点讨厌。这里没有弯弯曲曲的盘道,路面也平整宽阔,路基虽是黄土的,似乎也还结实,有坡,然而既不在弯道上,且不陡;倘在风和日丽之天,过华家岭原亦不难,然而正因为风和日丽不常有,于是成问题了。华家岭上是经常天气恶劣的。这是高原上一条山冈,海拔五六千尺,从兰州出发时人们穿夹衣,到这里就得穿棉衣——不,简直得穿皮衣。六七月的时候,这里还常常下雪,有时,上午还是好太阳,下午突然雨雪霏霏了,下雪后,那黄土作基的公路,便给你颜色看,泞滑还是小事,最难对付的是"陷"——后轮陷下去,成了一条槽,开上"头挡排",引擎是呜——胡胡地痛苦地呻吟,费油自不必说,但后轮切不着地面,只在悬空飞转。这时候,只有一个前途:进退两难。

　　1940年的五月中旬,一个晴朗的早晨,天气颇热,人们都穿单衣,从兰州车站开出五辆客车,其中一辆是新的篷车,站役称之为"专车";其实车固为某"专"人而开,车中客却也有够不上"专"的。条件优良,果然下午三时许就到了华家岭车站。这时岭上彤云密布,寒风刺骨,疏疏落落下着几点雨。因为这不是普通客车,该走呢,或停留,车中客可以自择。但是意见分歧起来了:主张赶路的,为的恐怕天变——由雨变成雪;主张停留过宿的,为的天已经下雨了,路上也许麻烦,而华家岭到底是个"宿站"。结果,留下来。那一天的雨,到黄昏时光果然大了些,有檐溜了。

天黑以前,另外的四辆客车也陆续到了,都停留下来。五辆车子一百多客人把一个"华家岭招待所"挤得满坑满谷,当天晚上就打饥荒,菜不够,米不够,甚至水也用完,险些儿开不出饭来。可是第二天早起一看,糟了,一个银白世界,雪有半尺厚,穿了皮衣还是发抖。旅客们都慌了,因为照例华家岭一下雪,三五天七八天能不能走,都没准儿,而问题还不在能不能走,却在有没有吃的喝的。华家岭车站与招待所孤悬岭上,离最近的小村有二十多里,柴呀,米呀,菜蔬呀,通常是往三十里以外去买的,甚至喝的用的水,也得走十多里路,在岭下山谷挑来。招待所已经宣告:今天午饭不一定能开,采办柴米蔬菜的人一早就出发了,目的地是那最近的小村,但什么时候能回来,回来时有没有东西,都毫无把握云云。

雪早停了,有风,却不怎样大。采办员并没空手回来,一点钟左右居然开饭。两点钟时,有人出去探了路,据说雪已消了一半,路还不见得怎样烂,于是"专车"的"专人"们就主张出发:"要是明天再下雪,怎么办?"华家岭的天气是没有准儿的。司机没法,只得"同意",三点钟光景,车出了站。

爬过了一个坡以后,天又飘起雪来。"怎么办呢?""还是赶路吧!新车,机器好,不怕!"于是再走。但是车轮打滑了。停车,带上链子,费去半小时。这其间,雪却下大了,本来已经斑驳的路面,这时又全白了。不过还希望冲出这风雪范围——因为据说往往岭上是凄迷风雪,岭下却是炎炎烈日。然而带上链子的车轮还是打滑,而且又"陷"起来。雪愈来愈大,时光也已四点半;车像醉汉,而前面还有几个坡。司机宣告:"不能走了,只有回去。"看路旁的里程碑,原来只走了十多公里。回去还赶得上吃夜饭。

可是车子在掉头的时候,不知怎样一滑,一对后轮搁浅在路沟里,再也不能动了,于是救济的程序一件一件开始:首先是旅客都下车,开上"头挡排"企图自力更生,这不成功;仍开"头挡排",旅客帮着推,引擎呜呜地叫,后轮是动的,然而反把湿透的黄土搅成两道沟,轮子完全悬空起来,车子是纹丝儿也没动。路旁有预备改造路基用的碎石堆,于是大家抓起碎石来,拿到车下,企图填满那后轮搅起来的两道沟;有人又到两里路外的老百姓家里借来了两把铲,从车后钢板下一铲一铲去掘湿土,以便后轮可以着地;这也无效时,铲的工作转到前面来。司机和助理员(他是高中毕业生)都躺在地下,在泥泞里奋斗。旅客们身上全是雪,扑去又积厚,天却渐渐黑下来了,大家又冷又饿。最后,助理员和两个旅客出发,赶回站去呼救,其余的旅客们再上车,准备万一救济车不来时,就在车上过夜。

这时四野茫茫,没有一个人影,只见鹅毛似的雪片,漫天飞舞而已。华家岭的厉害,算是领教过了。全车从司机到旅客二十八人,自搁浅当时起,嚷着,跑着,推着,铲着,什么方法都想到,也都试了,结果还是风雪和黄土占了胜利。不过尚有一着,没人想到;原来车里有一位准"活佛"的大师,不知那顽强的自然和机械肯听他法力的指挥否。大师始终默坐在那里掐着数珠,态度是沉着而神妙的。

救济车终于来了,车上有工程师,有工人,名副其实的一支生力军。公路上扬起了更多的人声,工作开始。铲土、衬木板,带上铁丝缆,开足了引擎,拉,推,但是湿透了的黄土是顽强而带韧性的,依然无可奈何。最后的办法,人和行李都搬上了救济车,回了招待所。助理员带了铺盖来,他守在那搁浅的客车里过夜。

这一场大雪到第二天早晨还没停止,车站里接到情报,知道东西两路为了华家岭的风雪而压积的车辆不下四五十乘,静宁那边的客人也在着急,静宁站上不断地打电话问华家岭车站:"你们这边路烂得怎样? 明天好走么? ……呀,雪还没停么? ……"有经验的旅客估计这雪不会马上停止,困守在华家岭至少要一个星期。人们对招待所的职员打听:"米够么?柴还够么? 你们赶快去办呀!"有几个女客从箱子角里找出材料来缝小孩子的罩衫了。

但是当天下午雪停,太阳出来了。"明天能走么?"性急的旅客找到司机探询。司机冷然摇头:"融雪啦! 更糟!"不过有经验的旅客却又宽慰道:"只要刮风。一天的风,路就燥了。"

果然天从人愿,第二天早上有太阳又有风,十点光景有人去探路,回来说:"坡这边还好,坡那边,可不知道。"十一点半光景,搁浅在路旁的那辆"专车"居然开回来了,下午出发的声浪,激荡在招待所的每个角落。两点钟左右,居然又出发了。有人透了口气说:"这回只住了三天,真是怪!"

沿途看见公路两旁斑斑驳驳,残雪未消;有些向阴的地方还是一片纯白。车行了一小时以后,车里的人把皮衣脱去,又一小时,连棉的也好像穿不住了。

万山雪照一灯明

◎芮麟

华山的玉泉院，为入山的必经之处，也是入山的第一胜境。其清幽静穆，绝类泰山的斗母宫。

我们将近山麓，在暮霭霏微中，就没有看见玉泉院。因为玉泉院为高耸云霄的奇峰、为枝叶茂密的老树遮起来了。走进了院门，不见人，也不闻人声，只有四面八方的流水声潺潺盈耳。

到二门，方有老道迎出来。实在，这样风雪载途的时节，他们是再也料不到会有游客光临的。

房屋很整洁。我们三人，分占了东厢的左右两间，中间作为起坐。问老道，知华山连天下着雪，登山的路径，从玉泉院再走五里，便都被冰雪封住了。所以我们明天能不能登山，还要看天气如何才能决定。

老道捧了茶点一盘，内有黄精一种，很觉可口。据云黄精是一种植物的根，经九煮九晒，故名九制黄精，吃了非常滋补，为华山著名土产之一。老道告诉我们许多华山的掌故，关于山轿的价钱和登山的常识，也得他不少的指示。

葆良虽已旅居陕州两年了，还是说的一口无锡土白，为我到开封以来所从未听到的。她的说话，很容易勾惹起故乡的回忆来。在我们三人中，就语言上说，她是一个标准无锡人。

轿夫们回去了，说定明天一早来。这时院子里只剩下几个道士和我们三人。整个的玉泉院，静寂得像睡熟了的。只让那四边的流泉声，淙淙琤琤，奏着悠远淡雅的音乐。

　　这时月亮已经出来了。淡淡的月光，照着院子里白白的雪光。太阳虽已不见了，满院子还是亮得和白天一样。

　　山顶上的白雪，映着月光，变成一片白色。无数的银峰，一层一层，环列在玉泉院的后面。

　　道士们睡得很早。除了我们屋子里燃着两盏煤油灯外，其余的灯都已熄了。周围愈显得清幽静穆，我们好似走进了另一个世界似的。

　　在屋子里谈了一回，我们禁不住月光的引诱，都走到院子里来了。

　　月光虽不十分皎洁，但淡淡的冷冷的光辉，实足地表现出"寒月"的特性，使人一望而知这不是春月，不是夏月，也不是秋月，而是冬月，而是冬夜的雪月。

　　我们默默地对着月，痴痴地望着月，呆呆地想着月，想着故乡，想着这一回的奇遇，想着过去未来的一切。

　　银峰叠叠，环列在月光下，环列在我们的面前。这时我们眼睛所看到的，只是银峰，只是雪光，只是月色。

　　我最爱月。生平游山，要是事实上可能，总是拣在旧历月半左右去，以便饱览月色，而益增山水的美感。我觉得山无水则不韵，山水不在月下看则不美。月光下的山水，另有一种妙绝尘寰的风姿神味与情操，粗心浮气者绝不易领略。今年一月，月夜游太湖中的马迹山，其情其景，至今仍在心头，仍在目前。我敢说，月是与我特别有缘的！这次到华山来，又是遇着月夜，则不能不感谢老天给我的机会太好了！

在廊下徘徊久之，以天气太冷，各回卧室就寝。少明因身体不适，我给他服了两片阿司匹林。

灯光扭暗了，月光便照进纸窗来，照在壁上，照在床上，清幽欲绝。院子里的树影，院子外的山影，则映在窗上，成了一幅绝妙的淡墨山水画图。四面的流水声，因着人声的岑寂，益发响得厉害了。流水声中，还夹杂着隐隐的风声，似在屋顶，似在树顶掠过。

我看着，听着，在这样的环境下，哪能睡得熟呢？仍披衣起来，独自一人，静悄悄的，扭亮了灯光，写成了一首小诗。

乙亥十一月六日宿华山玉泉院

回环槛外白云平，隐隐风声杂水声。

静夜敲诗眠不得，万山雪照一灯明。

明早，十一月七日，天刚亮就起来，跑到院子里一看，东方红云万叠，红光万道，渲染得满天都是红霞，都是红光。我快乐得一声高叫，天已晴了！

天已晴了，少明的病也已好了！

他说我昨夜睡了又起来，想是在做诗，因为恐怕打断我的诗思，所以没有问我。我把夜里写成的那首小诗给他看，他读到"万山雪照一灯明"句，不禁拍案叫绝，连说即此一句，我们此行，已为不虚了！

匆匆洗毕，带了快镜，到院子里散步去。玉泉院房屋虽不很多，但院外隙地却不少，都栽着花木，筑着亭台，布置着小桥流水，曲曲折折，清清雅雅，令人留连不忍遽去。

东面山顶上的白雪，给阳光照了，反射出千万道的银光，千万条的金线，闪闪炫人眼目。南面的高峰，照到太阳的地方

万山雪照一灯明

是雪亮，照不到太阳的地方是阴沉，一片黑影。北面为平原，为千百年来涧流冲刷，变成了一片沙土，不宜耕植。现在犹有流水数道，横穿其间，在日光下闪烁下流。玉泉院的东西南三面，统为峰峦包围了，只有北面缺着一角，可以极目百里。背枕高山，面临旷原，左右山峰，互为夹辅，地位是最适当也没有。

我在小桥边，为少明葆良伉俪，摄了几张小影。

院后为希夷祠。旁有希夷洞，希夷的像和墓。华山关于陈抟的遗迹和传说很多。

这时全院除我们三人外，尚无其他游人。四周静悄悄的，只有风声与流水声隐隐相应和。空气的鲜洁和芳冽，使人一呼吸间，便欲飘飘仙去。

华山多长寿的道士、隐者，且为古今仙道之所乐于假托，自非无因。老实说，一个人住在这里，一天到晚，一年到头，一生到老，无忧无虑，无挂无碍，日与清风明月高山流水为伴，要他不长寿，竟也没有办法。反之，我们日处尘嚣中，营营扰扰，苦思焦虑，一忽儿乐，一忽儿悲，要他长寿，又哪里做得到？

盘桓久之，红日已高悬东首山顶。我们恐怕耽误了登山的时间，乃入内进早餐。同样是馍馍，但在玉泉院吃来，似乎要比在开封西安滋味好得多呢。

轿夫们都已在守候着了，当我们早餐完了的时候。

陕北的彩雪

◎毛锜

　　五十年代,我就上陕北去过。那时也许是由于我的一颗心完全沉浸在一片庄严肃穆的情愫中,在拜谒了圣地的宝塔、窑洞和水田如镜的南泥湾之后,就心满意足地匆匆返回了。事后回想起来才觉得不无遗憾,那就是忘记抽时间从容地去欣赏陕北大自然的风采。虽然在万山丛中也偶尔看到过杂花生树、莺飞草长的景象,但千壑万岭的主色调留给我的印象似乎还是单一的黄褐色。我心想这大概是在青黄赤白黑的五色土中,陕北独占了黄河母亲赐予它的本色吧。

　　但后来听"信天游",才发现大自然对陕北这块土地并不吝啬。什么"正月里开的腊梅花"、"三月里开的蟠桃花"、"山丹丹花红艳艳",至于一年一度的万花山牡丹花会,那就更是万卉吐锦、色彩缤纷了。只有到了这个时候,我才恍然意识到,虽然我曾去过陕北,但却没有留意到那儿多姿多彩的大自然的魅力。一个原因可能是我选择的时节不对头,也可能是我只走了一个角落。如果把陕北比喻为一本书画的话,那我只不过读了几段正文,而没有欣赏它那彩色的插页。对,有机会我还得上陕北去,去补这一课。

　　机会像猜透了我的心思一样,终于来敲我的门窗了,而且接连敲了两次。一次是1979年的十月,一次是去年四月。有

陕北的彩雪

趣的是这两次陕北之行都与黄河有关。第一次是随一个水利代表团考察黄河,第二次是和几个同志去观赏壶口瀑布。前次几乎是把陕北走了个"穿堂过",后次是横越了陕北的南沿地区。在这两次旅途中,那一路上有关山川、历史、风物一类的见闻就不消多说了,单说大自然袒露给我们的一个意想不到的奇景——彩雪,就叫我们感到不虚此行了。

彩雪,这可是个极富浪漫色彩的景物啊!它不仅会撩拂起诗人的灵感,也会诱发起科学家的好奇。因此,大自然中屡屡出现的罕见的彩雪,大都被科学家记载了下来。据说,1818年,在靠近格陵兰海岸,就下过一整夜红雪,这雪在我国西藏察隅地区也出现过。在西伯利亚还多次下过绿雪;就是青雪、黄雪和黑雪,也都曾昙花一现地令人眼花缭乱过。但所有这些彩雪,像变化莫测的魔幻一样,一经科学家点破它的奥秘,也就见怪不怪了。原来它们都不过是红藻、绿藻或其他杂物,被风卷进雪中所呈现出的一种反常景色。兴许叫科学家去研究研究还有点意思,如果叫诗人去吟咏就不免索然无味了。可我们这两次在陕北所看到的彩雪,却与此不同,它完全是大自然一幅奇妙的杰作,使你恍若进入一种梦幻般的童话世界,不期然地陶醉其中了。

现在就先说 1979 年十月那次奇遇吧。十月的陕北,正是天高气爽、雁阵横空的季节。我们水利代表团一行的车队,穿行在无定河流域的陕北腹部地区。突然,地平线上出现了诱人的色彩:一片片粉红色的雪,像粉红色的礼毯展现在我们的眼前,每个人都按捺不住内心的喜悦,要伸长脖子来看个仔细了。想必是司机同志也领会了我们的想法,他干脆在摆满一排排蜂箱的大路边上停下车来,放大家尽情地欣赏了。这时,只听得有人欢呼雀跃地喊着:"彩雪! 彩雪!"有人情不自禁地哼起"信天游"来:"荞麦开花红粉粉,自小爱的是工作人。"啊,面对这"路转满川荞麦花"的奇异景色,我也一时激动得不知道该怎么来形容了。本来,这种梦幻般的彩雪,我童年时代在故乡五陵原上就领略过,可惜近年家乡人民因土地面积逐年缩小已不再播种荞麦,秋天的"八月十五月下白"的景色,也就自然消失了。我正喜悦中略带惆怅地沉思着,冷不防水利学家老王拍了一下我的肩膀说:"颇动诗人兴,满园荞麦花。怎么样,来一首吧?"是啊,置身在彩雪的世界里,任谁心里不涌动着一层层诗情的涟漪呢? 可我只向他指了指身旁的养蜂工人,无限感慨地说:"太美了,我真羡慕这些'赶花人'!"尽管,这一次我还是仅仅看到陕北这部书画的一个插页,但以后我再碰到人说陕北高原色彩单调,就禁不住套用一位外国艺术家的名言,正告他说:陕北并不缺少美,而是你缺少发现。

陕北秋天的彩雪,从此在我万花筒般的心灵里,稳稳地占据着一个角落。它的魅力并不亚于江南的小桥流水。去年四月为了观赏壶口瀑布,不意我又一次从山西过黄河踏上了陕北的土地。当看罢壶口瀑布从宜川出发南返的时候,我忽然忆起那年在无定河畔欣赏彩雪的情景,并兴奋地向同行的几位同志滔滔不绝地讲说,我说得津津有味,他们也听得眉飞色舞。幸亏时令是农历的阳春三月,要是十月金秋的话,说不定他们心血来潮要改变行程北上无定河一趟哩。我们的车子在谈笑声中,沿着一条蜿蜒曲折的公路,向黄陵的方向行进着。叫大家万万想不到的是,陕北彩雪的奇景又一次出现在公路两旁的山坡上。不过不是粉红色的,而是一片带着浅绿和浅黄颜色的白絮。"彩雪! 彩雪!"大家又不约而同地欢呼起来了。只是这一次用不着停车,因为彩雪都一片一片点缀在远处的山坡上,远远地观赏一番也就够叫人惬意了。

"什么花儿,这么漂亮?"我禁不住好奇地打问起来。

"亏得你刚才还在显摆,怎么连陕北的杜梨花还这么陌生啊!"小司机顺便揶揄了我一句。

噢,想不到杜梨树开花这么好看,这不比湘江畔上的玉兰花和南方的"邓尉梅花千堆雪"更美吗? 面对着这满山遍野的杜梨花儿,我忽然记起了韩愈的名句:"闻道郭西千树雪,欲将君去醉如何。"说真的,我又一次为陕北的彩雪所深深陶醉了。这一次,我倒没有看见那些幸福的"赶花人",却看见了一只只在香雪堆中翻飞的花喜鹊,不由得低哼起那首著名的美国民歌:"我愿意是一只小鸟,我将飞向森林!……"

如果说,陕北是一片神奇的土地,那么我前后两次所看到的彩雪,怕就是从空而落在这片神奇土地上的五彩云吧。它浑似大自然抛给这黄土高原的一叠美丽的诗笺,以待人们去尽情挥洒似的。是啊,我知道勤劳朴实的陕北人民,此刻正在它上面抒写着自己美好的理想和憧憬,就像他们昨天用梭镖蘸着烽烟,书写那页辉煌史诗一样。

啊,令人怀念的陕北,以及和陕北人民心灵同样美的彩雪,我们该再度相会了吧!

1986年3月

赤道雪

◎杨朔

最近我在东非勾留了一阵，着实领略了一番坦噶尼喀①的奇风异景，有的是世界别处绝对看不到的。我的印象尽管五光十色，细细清理一下思路，却也只有十二个字，也许可以概括全貌，这就是：

> 历史应当重写
> 道路正在草创

一　历史应当重写

让我从一座山谈起。在坦噶尼喀东北部的莫希市，有一座高楼大厦的门上刻着这样的铭文，说乞力马扎罗山是被一个德国人首先发现的。

乞力马扎罗山逼近赤道，海拔一万九千多英尺，是非洲的最高峰。山头经常云遮雾绕，好像是沉睡，可是，照当地人的说法，如果有贵宾来到，那山便要用手拂开云雾，豁然露出脸来。天啊！谁想得到紧临赤道，背衬着碧蓝碧蓝的天空，这儿竟会出现这样一座山，满头是雪，仿佛戴着一顶银光闪闪的雪

---

① 1964 年，坦噶尼喀和桑给巴尔组成坦桑尼亚联合共和国。

盔,终年也不摘下来。难道这不是奇迹么?"赤道之雪"就是这样得名的。

有说不尽的神话故事流传当地。据说在遥远遥远的古代,天神恩赅想迁居到山顶上,可以从最高处看望他的人民。恶魔不喜欢恩赅来,从山内点起把火,山口便喷出火焰来,抛出滚烫火热的熔岩。恩赅神一怒,当时召唤雷云,带着霹雳闪电,倾下一场奔腾急雨,一时搅得天色昏黑,地动山摇。人们都潜伏在小草屋里,吓得悄悄说:"神在打仗了。"恩赅在极怒之下,又抛下一阵冰雹,直抛进火山口去,把火山填满,恶魔点起的火就永久熄灭了。恩赅神迁到雪山顶上,把乞力马扎罗的姊妹山梅鹿山赐给他的爱妾,在那里,恩赅用暴雨浇灭恶魔从山口喷吐的热灰,肥土和森林围绕着梅鹿山涌出,神便教导他的人民刀耕火种,生活是富足而美好的。

所谓神的人民指的就是自古以来散居在雪山脚下的瓦查戛族。第一个发现乞力马扎罗山的自然是瓦查戛人。十九世纪九十年代,德意志帝国才把坦噶尼喀抢到手,怎么会是德国人头一个看见赤道雪山呢?倒是有一件关于乞力马扎罗山的事,牵涉到德国。那是上一个世纪,英国维多利亚女皇在德国威廉皇帝生日那天,特意把这座非洲最高峰——乌呼鲁峰,当作寿礼送给威廉。这是殖民主义者给赤道雪山打上的奴隶的烙印。山如果有灵,当会在山头积雪上刻下铭文,记着不忘。

自从我来到乞力马扎罗山下,我就深深地被"赤道之雪"那雄壮瑰丽的景色吸引住,极想去探索一下曾经引出源源不断的神话故事的火山口。比较方便的去处是"恩根窦突"喷火口,在梅鹿山旁边,也不很高,来去容易。一到山脚,先看见一块诗牌,上头写着含义深沉的句子:"无数年代以来,这儿就是宁静与和平的境界……"这儿也确实宁静,静得使人想起"山静如太古"的诗句。满山都是古木苍林,阴森森的,透出一股赤道的寒意。树木多半是奇形怪状的,叫不出名儿。有一种树不长叶儿,满树是棒槌模样的玩意儿,齐崭崭地朝上竖着,整棵树看来好像一盏大灯台,上头插满蜡烛。我能认识的只有"木布郁"树,树干粗得出奇,十几个人连起胳臂,也抱不过来。树心却是空的,大而无用。另有一种珍贵植物,叫"木布雷",长九十年后才成材,极硬,拿它做家具,永远不会腐烂。听说一棵树能值两千镑。当地人告诉我说,早先年梭罗门住的房子,就是从乞力马扎罗山一带砍去的木材造的。这类传说往往能给山川增色,还是不去深究的好。在树木狼林里,有时可以看见一种类似辣椒的东西,足有一尺多长,赤红赤红的,说不定真是大辣椒呢。

我穿过阴森霉湿的森林,慢慢爬上山顶,火山口蓦然呈现在脚下,约莫上千丈深,百亩方圆,口底一半是水泽,铺满碧草,另一半丛生着各种杂树。"恩根窦突"是梅鹿族人土语,意思是野兽。这里该有野兽吧?是有。你看,在火山口底的水草旁边,有一群小黑点在移动,那是犀牛,饮水的,吃草的,也有吃饱了草卧着打盹的。你再看,犀牛不远有两棵小树,上半段交叉在一起,好像连理树。那不是树,是两只长颈鹿。索马里语叫长颈鹿是 giri,中国古时候直译原字音称作麒麟。那两只长颈鹿该是一对情人,长脖子紧贴在一起,互相摩擦着,又用舌头互相舐着,好不亲热。我站在火山口的沿上,一时间好像沉进洪荒远古的宁静里,忘记自己,脑子里幻出离奇古怪的神话,幻出顶天立地的恩赅神,神就立在乞力马扎罗山的雪盔上……

实在想去爬一爬赤道雪山啊。可惜上下得五天,我的时间不足。不能爬山,好歹也得去玩玩。有一天午后,我跟一位叫伊萨的印度尼西亚朋友坐上车去了。一路上尽是荒野,土地肥得要流出油来,渴望着生育,就生育着长林丰草,一眼望不见边。丛莽稀疏的地方,有时露出圆筒形的小屋,上头戴着尖顶草帽模样的草盖,本地人叫作"板搭"。"板搭"旁边长着香蕉、木薯一类东西。碰巧可以看见服色浓艳的农家妇女刚采下香蕉,好一大朵,顶在头上,该有几十斤重。汽车渐渐往山上爬,终于停到林木深处一家旅舍前。

乞力马扎罗有两座著名的山峰,一座叫"基博",另一座叫"马温齐"。这家旅舍就取"基博"做名字,意思是山顶。凡是爬雪山的人都要先在这儿落脚,换服装,带口粮,爬完山回来,也要在这儿洗洗满身的雪尘。我们走到旅舍后身的半山坡,想欣赏一下雪山的奇景,不想望上去,一重一重尽是郁郁苍苍的密林。来到跟前,反倒望不见雪山顶了。朝山下望去,肥沃的麻查密大平原横躺在眼前,绿沉沉,雾腾腾,烟瘴瘴的,好一番气象。后来我们回到旅舍的前廊里,要了壶非洲茶,坐着赏玩山景。廊里的布置也很别致。墙是碗口粗的竹子拼成的,墙上挂着羚羊角,悬着画盾,交叉着青光闪亮的长矛。地面上摆着象腿做的矮凳,还有大象脚挖成的废纸箱,处处都是极浓的非洲色彩。

伊萨是个爱艺术的人,喜欢搜集有特色的工艺品,到了这座名山,怎么肯空着手回去。他走到旅舍的柜台前,那儿摆着各色各样的木雕,有人物,也有坦噶尼喀的珍禽异兽。就中有只黄杨木雕的犀牛,怒冲冲的,神气就像要跳起来,触人一角。

伊萨向柜台里问道:"请原谅我,这只犀牛卖多少钱?"

柜台里坐着个英国妇人,三十多岁了,打扮得挺妖娆,低着头在算账,眼皮儿也不抬说:"十八个先令。"

伊萨说:"这样贵啊! 便宜一点行不行?"

那妇人把铅笔往桌子上轻轻一撂,望着伊萨严肃地说:"对不起,先生,我们不像当地土人,欺诈撒谎,骗人的钱。你要买,就是这个价钱,我们是不还价的。"

伊萨爱上那犀牛,嫌贵,还是买了。

黄昏时分,我们回到山下的莫希市。有几位朋友坐在旅馆二楼的凉台上乘凉。我加入他们一伙,大家喝啤酒,闲谈,一面看山。雪山正对着我们,映着淡青色的天光,轮廓格外清晰,像刻在天上似的。

没留心伊萨走来,手里拿着犀牛,冲着我笑道:"我刚在市上问了问,跟这一般大的犀牛,你猜多少钱?"

我沉吟着问:"便宜些么?"

伊萨笑道:"便宜多了——只七个先令。"

恰巧有一个瓦查戛族的孩子来卖报,身上穿着一条破短裤,瘦得肋巴骨都突出来。伊萨挑了一份周刊,掏出几个零钱给那孩子。那孩子睁着溜圆的大眼,指着刊物上的价钱,小声说:"一个先令,半个便士也不多拿。"

我不禁望着孩子瘦嶙嶙的后影说:"多诚实的孩子!"

伊萨嘲笑说:"那个高贵的英国妇女却骂人是骗子呢。我倒想起一个笑话:白人刚到非洲时,白人有《圣经》,黑人有土地;过不多久,黑人有《圣经》,土地都落到白人手里了。"

坦噶尼喀人的忠厚淳朴,十分可喜。你半路停下车,时常会有人殷殷勤勤问:"占宝('你好'的意思),我能帮助你什么呢?"如果车子坏了,投不到宿处,也不用愁,总会有人引你到他的"板搭"里，拿出最好的东西给你吃，让出最舒服的地方给你睡，还怕你怪他招待不周。当地人之间自然也有纠纷，裁判纠纷的方法也朴直有趣。譬如说，他们彼此住处的分界不砌墙，只种上一溜叫"麻刹栗"的灌木做篱笆。万一两家争起土地来，主持公道的人就摘下"麻刹栗"最高梢的叶子，蘸上黄油，叫你吃。叶子是不毒的，可是，如果地不属于你，据说吃了就会死的。想赖地的人绝不敢吃，是非也就分晓。"马沙裔"是个勇猛的部族，风俗比较特殊。女人剃着光头，男人喜欢拖着假发编的长辫子。一位久居坦噶尼喀的亚洲朋友告诉我说，有一回，一个马沙裔人潦倒半路，拦住他借钱。他想：这个流浪汉人生面不熟的，借了钱去，还不等于把钱抛到印度洋去，没个着落。但他还是借给他了。谁知过不几天，那马沙裔人亲自上门还了钱，还弹着弓琴唱了支歌，唱出他心底涌着的情意。

请看，坦噶尼喀人就是这样质朴善良，有情有义。一到殖民主义者笔下，可就变得又野蛮，又凶残，不像人样。实际呢，坦噶尼喀人是有着极为悠久的历史文化，旧石器时代的遗址相当丰富。最惹人注目的是奥尔迪乌山谷，那儿的湖床里发现不少已经绝种的哺乳动物的骨骼化石，还有最早的人类遗骸，其中就有世界著名的"东非人"（Zinjanthropus）头骨，历史总在五十万年以上了。别的古代遗墟、古代石画，到处都有，值得人类特别珍视。千百年来，异民族的侵略统治使这儿的人民陷到奴隶的痛苦里。阿拉伯人、葡萄牙人、土耳其人、德国人、英国人轮流喝着坦噶尼喀人的鲜血。坦噶尼喀人于是纷纷起义。七十岁的老人今天还能絮絮不休地告诉你当年他们袭击德国军队的英勇故事。他们的历史充满斗争，终于从斗争中取得今天的独立。

不幸这部历史却蒙着厚厚的红尘,甚而被殖民主义者歪曲到可笑的地步。历史是应当重写了,而人民也确实在用自己的双手写着新的历史。

二　道路正在草创

坦噶尼喀的首府达累斯萨拉姆,按原意译出来,是和平的城市。乍到的时候,我望着蓝得发娇的印度洋,望着印度洋边上一片绿荫荫的树木,望着树木烘托着的精巧建筑,似乎真给人一种和平的感觉。有两座异常豪华的大建筑实在刺眼。细细看去,一座是英国标旗银行,另一座是基督教堂。我心里不舒服了。我这种感情并非来自偏见。接着我发觉那花木幽静的一带原来是欧洲区,有的去处叫什么"皇家境地",坦噶尼喀独立前,压根儿不许非洲人进来。我寄居的英国旅馆叫"棕榈滩",小得很,听说刚独立不久,达累斯萨拉姆市长去喝冷饮,竟遭到拒绝。欧洲区以外还有印度区和非洲区。印度区称得起生意兴隆,也还整洁。一到非洲区,满街扬着沙尘,房屋多半是泥墙,顶上搭着椰子树叶,那种景象,恰似害血吸虫病的人那样。

这其实不足为怪,哪个长期受压迫的国家不是这样?今天,坦噶尼喀也像别的新独立的国家一样,正在逐渐清洗着殖民主义的遗毒。

想不到坦噶尼喀竟这样富庶。产金刚石、金子、银子,以及犀牛角、象牙等珍贵物品。土地也肥沃极了。山也好,平原也好,处处绿得发黑,黑得发亮。有时你会发现大片的耕地,整整齐齐的,种着咖啡、甘蔗一类热带作物,你准也会发现怪舒适的欧洲住宅。当地朋友就会告诉你说:这是约翰森先生的种植场,或者这是伯敦先生的庄园……反正不是非洲人的。

剑麻(本地叫西沙尔麻)最著名了,全世界五分之二的产量出在这片国土上,坦加又是这片国土上最著名的产地。我在坦加逗留了两天,那是个港口,满山满野都是大片大片的剑麻地,远远看去,倒像一幅大得无边的绿绒条纹地毯,平铺在大地上。剑麻长得又壮,有的比人还高,不愧是上好品种。间或看见剑麻丛里长出树干子来,树梢上挂着小穗子。那是要留剑麻籽儿。凡是留籽儿的剑麻,叶子老了,抽不出纤维来,根本没用处。二月的东非,太阳像火烤一般。正割剑麻叶子的非洲工人光着膀子,前胸刺满花纹,晒得汗水直流,像要融化了似的。

陪我参观的是坦加市的新闻官,一个英国人。我问他道:"这样大规模生产,是谁经营的?"

新闻官说:"希腊人、英国人、瑞士人、荷兰人、德国人,也有印度人……"

我又问道:"非洲人呢?"

新闻官说:"你看,剑麻需要大量肥料,长得又慢,不到三年不能收割。非洲人资金不足,自然无法经营。"

后来他带我去看了一家坦加最大的剑麻公司。那是瑞士人经营的,经理叫俄曼,眼有点斜,留着短短的上髭,胸脯微微挺着,显得很自信。俄曼说剑麻田里没什么趣味,便领我去看剑麻洗剥场、化验场、机器修配场等等。他走到哪儿,工人都对他说"占宝",向他举手行礼。俄曼客气地点着头,两手插在裤兜里,一路冷冷淡淡地说:"我们这儿总共有八千多工人。

养这么多人，不是儿戏啊。从生产到生活，需要的东西，我们完全可以自给，不必仰赖别处。"

我说："这不成了个独立王国么？"

俄曼淡淡一笑说："也许是吧，不这样也不行。让我举个例子，种植园的拖拉机坏了，市上根本无处修理，你没有自己的修配场，岂不得停工。"

我问道："工人最低工资每月多少？"

俄曼支吾说："这就难讲了。临时工多，来来去去像流水，不好计算——重要的是福利事业……"便指点着说："那边一片房子，你看见么，是工人宿舍，水电都有，完全免费。孩子要念书，有学校，教员都是欧洲人。病了，可以到医院去，也是免费……"

我有心去看看那些福利设施，俄曼先生却很有礼貌地掉转脸，用手掩着嘴打了个呵欠，又看看表说："对不起，我能领你看的，就这些了。我还能替你效点别的劳么？"

我便感谢他的好意，握握手告别。走出工厂，路过一个小市场，肮脏得很，是这家剑麻公司设立的。几个面貌憔悴的非洲妇女摆着小摊儿，卖椰子、柠檬等。旁边泥土里坐着个两三岁的小男孩，光溜溜的，蹬着两只小腿直哭。市场柱子旁倚着个工人，还很年轻，身上挂着碎布绺绺，伸着手讨钱。那已经不像只手，只剩一个手掌子，连着半根拇指，显然是叫机器碾的。我的耳边又响起俄曼先生动听的话音……

还是有非洲人经营剑麻的，虽说只一家，到底开始了。那家人藏在深山里，正在烧山砍树，翻掘泥土。已经栽种的剑麻缠着荒草，有待于清除。主人出门了，主人的兄弟从地里赶回来，在木棉树荫凉里招呼我们。谈起事业来，自然有些难处。

缺机器，资金也不宽裕。向银行借款，又得抵押。可是一丝儿也看不出他有灰心丧气的神情。他的脸色透着坚毅，透着勤奋，也透着信心。这种精神，清清楚楚写在每个坦噶尼喀人的脸上。就凭着这种精神，坦噶尼喀人民正在打井，开辟生荒，建设新乡村；正在创办合作社农业实验站；正在实行"自助计划"，许多人都腾出空余的时间，参加义务劳动，用劳动的成果来纪念祖国的独立。

从坦加坐汽车回达累斯萨拉姆的路上，我们穿过深山，发现一条新路。只见滚滚红尘里，魁伟美壮的非洲青年驾着开山机，斩断荆棘，凿开山岭，开辟着道路。这新路还远远未修成，前头尽是深山丛林，崎岖不平。但我深信，非洲的丛莽中自会辟出坦坦荡荡的新路的。

1963年3月寄自非洲

雪山情

◎刘白羽

横越太平洋来到美国的第一夜晚，是在查理·格罗斯曼家客厅温暖的灯光中度过的。我们在波特兰就住在他的家里。他的房子藏在山上密林中，通过大玻璃窗，透过稀疏的松枝，看见威拉米特河上闪闪发亮的灯光。我啜饮着清凉的威士忌，不知怎样谈到薇拉·凯瑟这位二十世纪初的美国女作家的名字。弗斯特·格罗斯曼立刻走到隔壁工作室去，拿了一本白色封面的书来。啊！这不是薇拉·凯瑟的《我的安东尼亚》吗？她告诉我：薇拉·凯瑟到现在还在培育着我们的人，这一本就是她的女儿1974年读书时念过的。遥远遥远的太平洋立刻变得很近很近。是的，只需要"安东尼亚"这一个字，我们几双亮晶晶的眼睛凝注这白色封面时，我们的心已经融会贯通了，不过，我想留着安东尼亚在后面再说，因为在那里她将扮演重要的角色。

我一下想到，我从飞机上第一眼看到美国，全是雪山，茫茫无际的雪山像银白色的大海，那样雄伟，那样庄严。

雪山是波特兰的骄傲，人人那样钟情雪山。

一个早晨天还没有亮我就起来，我悄悄走到楼下，想看看雪山日出景象。东方刚刚露出一小片曙光。我正在看着，格罗斯曼也悄悄走来，他怀着那样得意的心情，从玻璃窗上指给我看,遥远的天边有几座雪山,这个叫瑞尔山,这个叫浩德山,这个叫圣海伦山……时光无声地消逝着,一下,黯淡的曙光变成了灿烂的霞光,山给背后的光线映成黑色,然后,一团火热的金光从山后面闪射出来,这时,第一线光明照入室内,落在我的脸上、手上。一轮红日从雪山顶上冉冉升起,她发出血一样鲜红的光,把一座座雪山照得银白发亮,霍然间整个世界都明亮了,整个厅房里立刻金光闪闪。次日我们就到雪山丛中去了,地势愈来愈高,两旁全是灰色的森林,空气寒冷,地上有霜,我们直奔浩德山。它迎面矗立像从天心降落下来的冰雪的瀑布,路弯弯曲曲,盘山而入,直抵山麓。我们在这儿瞻望了密林深处,我们五十年前在中国华北游击区同甘苦、共患难,已经逝世了的老朋友卡尔逊的绿色故居。他的夫人蓓姬住在离这儿不远的另一处宅子里。荒山中一阵汪汪犬吠,蓓姬穿着深绿色上衣,绛紫长裤,腰间束着金黄色带子,已经站在门前向我们招手。我们来不及登堂入室就站在她家草场边一段木栅栏旁谈起来。她说:"圣诞节我刚刚过了七十五岁生日。""你的精神可真好啊!"她笑得那样酣畅:"是的,随着年龄增长,精神也在增长。"我原以为雪山里该是一个冰冷的世界,谁知这儿的阳光如此温暖。蓓姬的门里门外,都有丛丛绿叶结出一穗一穗的红色小果,波特兰人还有更大的骄傲呢!她是出名的玫瑰花城,我想鲜艳的玫瑰花与洁白的雪峰相映,该是多么令人神往的情趣。蓓姬伸出两只磨出老茧的手给我看。原来她天天在她那三英亩土地上劳作,种蔬菜、种草莓。在美国我深为老年人不服老的精神所感动。他们自食其力,不靠旁人。蓓姬跟我说:"我不相信神的力量,我相信自然的力量。"的确,波特兰的雪山绝不是一个冷

雪

酷的世界，这些山，表面是雪，内里是火，圣海伦火山 1980 年突然爆发，把火焰升上天空。当我从波特兰乘飞机赴旧金山时，我从高空，看见冰凌一样的圣海伦山顶还在冒着热腾腾的青烟。

阳关雪

◎余秋雨

中国古代,一为文人,便无足观。文官之显赫,在官而不在文,他们作为文人的一面,在官场也是无足观的。但是事情又很怪异,当峨冠博带早已零落成泥之后,一杆竹管笔偶尔涂划的诗文,竟能镌刻山河,雕镂人心,永不漫漶。

我曾有缘,在黄昏的江船上仰望过白帝城,顶着浓冽的秋霜登临过黄鹤楼,还在一个冬夜摸到了寒山寺。我的周围,人头济济,差不多绝大多数人的心头,都回荡着那几首不必引述的诗。人们来寻景,更来寻诗。这些诗,他们在孩提时代就能背诵。孩子们的想象,诚恳而逼真。因此,这些城,这些楼,这些寺,早在心头自行搭建。待到年长,当他们刚刚意识到有足够脚力的时候,也就给自己负上了一笔沉重的宿债,焦渴地企盼着对诗境实地的踏访。为童年,为历史,为许多无法言传的原因。有时候,这种焦渴,简直就像对失落的故乡的寻找,对离散的亲人的查访。

文人的魔力,竟能把偌大一个世界的生僻角落,变成人人心中的故乡。他们褪色的青衫里,究竟藏着什么法术呢?

今天,我冲着王维的那首《渭城曲》,去寻阳关了。出发前曾在下榻的县城向老者打听,回答是:"路又远,也没什么好看的,倒是有一些文人辛辛苦苦找去。"老者抬头看天,又说:"这雪一时下不停,别去受这个苦了。"我向他鞠了一躬,转身钻进雪里。

一走出小小的县城,便是沙漠。除了茫茫一片雪白,什么也没有,连一个皱褶也找不到。在别地赶路,总要每一段为自己找一个目标,盯着一棵树,赶过去,然后再盯着一块石头,赶过去。在这里,睁疼了眼也看不见一个目标,哪怕是一片枯叶,一个黑点。于是,只好抬起头来看天。从未见过这样完整的天,一点也没有被吞食,边沿全是挺展展的,紧扎扎地把大地罩了个严实。有这样的地,天才叫天。有这样的天,地才叫地。在这样的天地中独个儿行走,侏儒也变成了巨人。在这样的天地中独个儿行走,巨人也变成了侏儒。

天竟晴了,风也停了,阳光很好。没想到沙漠中的雪化得这样快,才片刻,地上已见斑斑沙底,却不见湿痕。天边渐渐飘出几缕烟迹,并不动,却在加深,疑惑半晌,才发现,那是刚刚化雪的山脊。

地上的凹凸已成了一种令人惊骇的铺陈,只可能有一种理解:那全是远年的坟堆。

这里离县城已经很远,不大会成为城里人的丧葬之地。这些坟堆被风雪所蚀,因年岁而坍,枯瘦萧条,显然从未有人祭扫。它们为什么会有那么多,排列得又是那么密呢?只可能有一种理解:这里是古战场。

我在望不到边际的坟堆中茫然前行,心中浮现出艾略特的《荒原》。这里正是中华历史的荒原:如雨的马蹄,如雷的呐喊,如注的热血。中原慈母的白发,江南春闺的遥望,湖湘稚儿的夜哭。故乡柳荫下的诀别,将军圆睁的怒目,猎猎于朔风中的军旗。随着一阵烟尘,又一阵烟尘,都飘散远去。我相信,死者临亡时都是面向朔北敌阵的;我相信,他们又很想在最后一刻回过头来,给熟悉的土地投注一个目光。于是,他们扭曲地倒下了,化作沙堆一座。

这繁星般的沙堆,不知有没有换来史官们的半行墨迹?史官们把卷帙一片片翻过,于是,这块土地也有了一层层的沉埋。堆积如山的二十五史,写在这个荒原上的篇页还算是比较光彩的,因为这儿毕竟是历代王国的边远地带,长久担负着保卫华夏疆域的使命。所以,这些沙堆还站立得较为自在,这些篇页也还能哗哗作响。就像干寒单调的土地一样,出现在西北边陲的历史命题也比较单纯。在中原内地就不同了,山重水复、花草掩映,岁月的迷宫会让最清醒的头脑胀得发昏,晨钟暮鼓的音响总是那样的诡秘和乖戾。那儿,没有这么大大咧咧铺张开的沙堆,一切都在重重美景中发闷,无数不知为何而死的怨魂,只能悲愤懊丧地深潜地底。不像这儿,能够袒露出一帧风干的青史,让我用二十世纪的脚步去匆匆抚摩。

远处已有树影。急步赶去,树下有水流,沙地也有了高低坡斜。登上一个坡,猛一抬头,看见不远的山峰上有荒落的土墩一座,我凭直觉确信,这便是阳关了。

树愈来愈多,开始有房舍出现。这是对的,重要关隘所在,屯扎兵马之地,不能没有这一些。转几个弯,再直上一道沙坡,爬到土墩底下,四处寻找,近旁正有一碑,上刻"阳关古址"四字。

这是一个俯瞰四野的制高点。西北风浩荡万里,直扑而来,踉跄几步,方才站住。脚是站住了,却分明听到自己牙齿打战的声音,鼻子一定是立即冻红了的。呵一口热气到手掌,捂住双耳用力蹦跳几下,才定下心来睁眼。这儿的雪没有化,当然不会化。所谓古址，已经没有什么故迹，只有近处的烽火台还在，这就是刚才在下面看到的土墩。土墩已坍了大半，可以看见一层层泥沙，一层层苇草，苇草飘扬出来，在千年之后的寒风中抖动。眼下是西北的群山，都积着雪，层层叠叠，直伸天际。任何站立在这儿的人。都会感觉到自己是站在大海边的礁石上，那些山，全是冰海冻浪。

王维实在是温厚到了极点。对于这么一个阳关，他的笔底仍然不露凌厉惊骇之色，而只是缠绵淡雅地写道："劝君更尽一杯酒，西出阳关无故人。"他瞟了一眼渭城客舍窗外青青的柳色，看了看友人已打点好的行囊，微笑着举起了酒壶。再来一杯吧，阳关之外，就找不到可以这样对饮畅谈的老朋友了。这杯酒，友人一定是毫不推却，一饮而尽的。

这便是唐人风范。他们多半不会洒泪悲叹，执袂劝阻。他们的目光放得很远，他们的人生道路铺展得很广。告别是经常的，步履是放达的。这种风范，在李白、高适、岑参那里，焕发得越加豪迈。在南北各地的古代造像中，唐人造像一看便可识认，形体那么健美，目光那么平静，神采那么自信。在欧洲看蒙娜丽莎的微笑，你立即就能感受，这种恬然的自信只属于那些真正从中世纪的梦魇中苏醒、对前途挺有把握的艺术家们。唐人造像中的微笑，只会更沉着、更安详。在欧洲，这些艺术家们翻天覆地地闹腾了好一阵子，固执地要把微笑输送进历史的魂魄。谁都能计算，他们的事情发生在唐代之后多少年。而唐代，却没有把它的属于艺术家的自信延续久远。阳关的风雪，竟越见凄迷。

王维诗画皆称一绝，莱辛等西方哲人反复讨论过的诗与画的界限，在他是可以随脚出入的。但是，长安的宫殿，只为艺术家们开了一个狭小的边门,允许他们以卑怯侍从的身份躬身而入,去制造一点娱乐。历史老人凛然肃然、扭过头去,颤巍巍地重又迈向三皇五帝的宗谱。这里,不需要艺术闹出太大的局面,不需要对美有太深的寄托。

于是,九州的画风随之黯然。阳关,再也难于享用温醇的诗句。西出阳关的文人还是有的,只是大多成了谪官逐臣。

即便是土墩、是石城,也受不住这么多叹息的吹拂,阳关坍弛了,坍弛在一个民族的精神疆域中。它终成废墟,终成荒原。身后,沙坟如潮,身前,寒峰如浪。谁也不能想象,这儿,一千多年之前,曾经验证过人生的壮美,艺术情怀的弘广。

这儿应该有几声胡笳和羌笛的,音色极美,与自然浑和,夺人心魄。可惜它们后来都成了兵士们心头的哀音。既然一个民族都不忍听闻,它们也就消失在朔风之中。

回去罢,时间已经不早。怕还要下雪。

渴望下雪

◎叶兆言

曾经非常羡慕别人的城市,譬如纯粹南方,冬天不冷,四季如春,又譬如地道北方,夏天不热,冬天有暖气。

我所在的这个城市是热得够呛,冻得要死。人免不了这山看了那山高,吃着碗里又惦记锅里,静下心来好好想想,冷热都是种体验,四季分明,有些变化并不是什么坏事。正是因为气候变化,我们才感觉到了季节,没有冷酷的寒冬,很难体会春天的温暖;没有炎热的夏日,很难享受秋季的凉爽。世上的一切都是大自然恩赐,缺少哪一部分都可能是遗憾。

越接近过年,越希望能下一场大雪。小时候,南京年年有雪,有大雪,要比现在冷得多。下雪了,小孩子贴着玻璃窗往外看,盼望雪越大越好,渐渐地上白了,屋顶上白了,心急的便冲出去,雪地上留下一大串自己的脚印。那年头学生都步行上课,下过雪,一路打雪仗玩,追过来跑过去,奔得浑身热气腾腾。通常是调皮的孩子主动挑衅,然后一大帮孩子围攻。课间休息,大家齐心合力堆雪人,男女生在那个特定年代里,从来不说话,男生在那忙,女生远远地看,看着不过瘾,女生自己也堆起雪人来。于是该轮到男生观看,要看还不敢老盯着,是偷偷地看,老盯着女生看的男生,在当时意味着没出息。

感受冬天最好是经历一场大雪,丰年好大雪,"地白风色寒,雪花大如手",这是多么奇妙的感觉。古人描写雪,说"天地无私玉万家"。雪是老天爷送给人间不花钱的礼物,瑞雪迎春,大雪过后才是真正的春天。空调和羽绒衫的普及,已经让寒冷大大逊色,要是整个冬天,没有一场雪来凑凑热闹,总觉得缺少什么。如今女孩子为漂亮,越穿越少,越穿越艳,有一场大雪冻冻她们多好,让她们缩着脖子在雪地里小跑,让红红绿绿的衣服成为雪中点缀。雪地里冻一下,未必就会感冒。

昨天和今天的气温都是零下五度。或许这就是最冷的日子了,可惜还没下雪。街头有个卖烘山芋的炉子,一个老人穿着军大衣,戴着老式棉帽,笼着袖子站在旁边,守株待兔。两个时髦小姐跑过来,一边买烘山芋,一边直哆嗦,连声抱怨天太冷了。

卖烘山芋的老人笑着说:"冷,冷才是冬天呢!"

2001 年 1 月 15 日

雪的沂河

◎阿英

大雪的第三天拂晓,我们渡过了沂河。

河身很广阔,但河床的两边,却全被沙淤积成了滩。河身有水的部分,已经不怎么广阔。两岸间的距离,约当十丈左右。

河的西岸,是连绵不断的群山。

天差不多是快亮了。我们冒着寒冷,出了河东岸的河阳庄,沿着古老的通沂水县的大石桥向西,一步步地踏着雪里的足印,直走到河岸。

沙上已经有过行人,踏成了一条狭路。路是一直向西南斜,斜至何处,却一点也看不清楚。只是踏着足印,默默地向前走而已。

我们要在日出和敌机来到之前,渡过这毫无掩蔽的河流。

这时,是黑暗将尽的时候,光明孕育在斗争之中。一切的景象,都在不断的变革之中。

整个的河身一片白,南面有很大的雾气,隐隐地有些树木和幻境似的楼阁、亭台。

河东岸的河阳镇的屋宇,也都笼罩在雪的光辉之中——一片白。

沂河——成了雪的河流了。

将走到两里多路，我看见了桥。是矮矮的，用草筋、泥土、树枝糅和搭成的古老的桥——一种诗的意境的桥。而且隐隐地看到了河——已只有很狭的地位在流着冰水。人走在桥上，好像是在云雾里飞腾——如果你从较远处看。

上了桥，我发现夹着碎冰的激湍，正从北而南，经过桥肚，打着回旋地向南流——向略略偏东的东南流。

在这一抹的流水之上，笼罩着云一般的雾气，有小冰块撞击的细碎的乐声。

好像是我们的部队在夜袭，战士的洪流，正衔枚疾走，在向敌人扑击。

多么可爱的境界呀！

可惜没有一只鸟儿唱着颂歌。

我这时才认识了沂河的伟大，我想到孔子对沂河的印象。过了河，我不禁转身停下了。

是生平未见的伟大的雪景呀！

这时，我发现在东面，有一片红光，深沉地烘托着那一片雪景，不是红，也不是紫，而是介乎红紫之间的赭色。

它把那一块地方，烘托成异常美丽的景色，好像是在神话里所见到的境界一样。

"如果我有一架开麦拉……"我这样想。

我呆住了，我陶醉了。

红光渐渐地扩展，沉郁的雪的河流，逐渐变成白色了。

四周也都很清晰地看得出来了。

只是衬托在阳光下面的部分，有不断的浓重的雾气，在向上升腾。

"天亮了！"我想。但我依旧迷恋着刚才的意境——那过渡时代的美丽的斗争光景,是多么的难得呀!

我终于走上了西岸的沙滩,有一只破船在岸边。我想,假使是一只完好的船,我将是如何地高兴而登舟泛游呀!

我经过一丛树林,细的枝上全覆着雪,没有一点儿罅隙,简直像玻璃树一样;还有些粗的,那就如水晶构成的一般。所谓"琼楼玉树",大约就是这等光景吧。

西岸的山也明亮了。不是那灰白的、沉郁的、拂晓所见的颜色了。而是戴着白的盔、白的项珠的武士,矗立在广大的天地之间。

四周的寒气,也逐渐在日光中销蚀了下去。

"天完全亮了——亮了!"

这时,才见到一只鸟儿,从树丛里发出了叫声。大约是惊异于人的来临,突然地飞过我的身前,向南而去。而枝上的积雪,由于轻微的震动,也扑簌簌地落了下来。

这时,敌机又"嗡嗡"了起来,从西北掠过了天空。

然而,我们却已渡过了沂河,在伟大可爱的意境里渡过了沂河。

我们又开始迎接新的搏斗,打垮敌人的新的进攻。

胜利的光辉,是笼罩在四野了。

1947 年 2 月 11 日

我可爱的雪乡

◎阿成

这些年,我一直惦记着"雪乡"。我毕竟是黑龙江人,作为黑龙江人没去过雪乡,如同法国人没到过凯旋门一样,是终生的遗憾,是永远的跌份。恰有参加"论坛"的机会,阿弥陀佛,可以去雪乡了。

"雪乡"这个名字源自于一帧摄影家的作品之名。因这个名字太名副其实,太有个性与特色了,传来传去,久而久之,便没有人再叫它的原名"双峰林场"了。

去雪乡的路并不好走。先前莫名其妙地一直以为很近,以为个把小时的路而已。其实不然,坐中巴去那里要走四个多小时的路呢。中途过一"小镇",大家在那里"解手"(俗称"唱歌")。小镇虽然不大,但颇有地方风度,飘着红穗儿"幌子"的小馆子,挂着如"小河鱼""脊骨酸菜""尜尜火锅"之类的招牌,非常馋人,可行色匆匆,主人不给机会。什么叫"尜尜火锅"呢?往深里一想,乐了,原来"尜"是"转"的意思,打冰尜儿,抽冰尜儿,不就是让"尜儿"转么。当然,外地人就不见得懂得其中的奥妙了。

中巴依山而转,全部是沙石路。车外的温度为零下三十度。很冷,冻脚——我已经有三十多年没冻脚了,这回又冻了,很感动,往事一下子涌进脑海,像在肚子里打翻了五味瓶。

车上有两个上海人,冻得像两捆在寒风中瑟瑟发抖的稻草人(现在你该明白,这里的人为什么热爱喝酒了吧?御寒哪。外地人来了,也同样要喝上两口暖暖身子的)。但是,这两个上海人说:"这里绝对是旅游胜地!绝对!"

在伪满时期,这条路是通森林小火车的。日寇酷爱这里的丰富至极的森林资源,役使民工日夜不停地伐树,然后往日本运(当时的树更粗,最粗的,四个人手拉手抱不过来)。现在小火车已经取消了。不过,有关方面还有打算恢复的念头。当然是为了旅游。但在历史上,日本人建小火车是为了运树,为了"剿"共。他们被撵走了,为了旅游业的发展,再恢复起来,让未来的小火车旅客,有多重的感受,也算是别一种红色之旅吧。

一路的白桦树,一路的冰河,一路的大烟泡儿,心里幸福地"骂"道"妈了个巴子的",这可真是贼拉拉的美呀。我为黑龙江感到自豪,牛皮!

雪乡终于到了。天老爷,这儿怎么这么大的雪哟,几乎把小镇上所有的民房都淹没了。雪最深处可以没腰——人走到那里得像棕熊一样"泳"在雪海里,那就是猎人的感觉,抗日战士的感觉,似乎也多少有一点点土匪的感觉。

那么,这里为什么会有如此之大的雪呢?有知识的人告诉大家说,是由于从日本海吹来的热风与从伊尔库斯克吹来的冷风,二者就在这里一交汇,形成了中国最大的雪乡。雪乡虽然方圆不大,但弥足珍贵。

雪乡只是一条雪街,两旁是一些土房,木屋,有木刻楞房,也有板加泥的民房。旅游业在这里一火,妥了,一幢幢民宅也成了"小旅馆"了。一个个捂得像特种兵、突击队、恐怖分子的游客，躬身一打听，"小旅馆"管吃管住，一天一宿才五十块钱，而且，木耳、蘑菇、大肉、枸杞，随便"造"(吃)，还免费提供零食、花生、瓜子、冻梨。天妈呀，咋这便宜呀。黑龙江人是不是有点太实在了？好客到了任可吃亏的程度了。

到了雪乡，所有的人都轮着拍照。民宅栅栏院前的那一盏盏红灯笼，吊在白色的雪乡里，的确让人沉醉。

然后是坐雪爬犁。车老板子赶着马爬犁在雪路上狂奔，不害怕是不可能的。先前，抗日的队伍、日寇、老百姓都乘坐雪爬犁，前者为了抗日，次者为了"剿"共，后者为了生活——拉柴火。而今者，则是为了刺激，为了体验。雪爬犁在狂奔、狂奔、狂奔。

狂奔之中，戴的口罩都冻得像铁板一样硬。听说，这里还有雪地摩托，要想进山里冒险，可以选择它。我很想乘雪地摩托进山，听说那里的雪更厚，而且没人。但时间不允许。看来，时间在更多的时候是人类的敌人。

大雪是雪乡的白银、白金，是宝贵的资源，是天降的"曼娜"，雪在这里不仅仅是一种奇特的景观，也是土地与山林的保护神，吃这里的土豆，甜丝丝的，为什么？因为这里的冬季漫长，植物种植期短，一年只种一次。不像江南，一年四季都种植农作物，什么地也受不了啊。而这里，种植期只有短短的几个月，所以土质好，土豆就好呵，是人间的上品。雪也是这里的天然"冰箱"，将肉、冻豆腐、野物埋在雪里，永远保鲜，永远"绿色"。你看这里的乡民，各个都是那样健康，那样的剽悍。他们咧嘴一笑，整个世界都被感染了。

所以难忘雪乡之行。

横道抒怀

我的家乡横道河子，就在"大海林"。

当地人称"海林"为"大海林"，这和日本人称自己是"大日本"不一样。大海林的确很大，长篇小说《林海雪原》中，描述的剿匪的故事就发生在这里。在上个世纪的七十年代，我曾驱车经过这里，当时是半夜一点，当年这里的确是名符其实的林海雪原，老式的解放牌大卡车是在遮天蔽日的森林里逶迤行驶的。周围全是高耸入天的、密密麻麻的大树，最粗的树两个人抱不过来。野兽的低吼，夜鸟的惊叫，过膝的积雪……还有诸多的感受与见闻，用三十篇这样的小文也容之不下啊。当时，我和另一位司机开车过杨子荣坟的时候，停下了车。下了车，周围是漆黑的夜，间有莫名其妙的信号弹在高处的深山升起又落下。我们两个小青年打着手电筒，像盗墓者一样，到了杨子荣烈士的纪念碑，佝偻腰，用手电筒的光在碑上晃着。经确认，这的确是杨子荣的坟。慌得两个人赶紧给大英雄跪下，捣蒜似的磕了三个头，祈求大英雄保佑我们一路平安——前途尚远，山高雪长啊。

而今——到了二十一世纪了，我再次来到了大海林，来到了横道河子。在杨子荣的纪念碑前，我仔细辨认了一下立碑之日，的确，这就是我在三十年前见过的那座纪念碑。只是周围的风景不同了，站在山顶上不仅可以远眺远山之形，而且也可以俯瞰大海林市了。那些曾经遮天蔽日的森林大多已经消失了，取而代之的是一片尚未成年的人工林。逝者如斯啊。

……

我可爱的雪乡

乡里人亲切地称"横道河子"为"横道",就像称杨子荣为子荣一样。土地与人的那个亲切劲儿,刀山火海也是挡不住的。乡情甚至就是一种气势,一种力量,一种血性,一种恒定的姿态。

　　浑厚的横道河从山路边流过,这一头是横道山,那一头是佛手山,虽然钟声不见了,但黑龙江省唯一的那座木结构的东正教堂依然安在。我就出生在这里。我深爱这里,到了这里总是热泪盈眶,无比的自豪。

横道的乡吃

　　其实,在"吃横道"之前,已经先行吃过"八一滑雪场"了(文法不通,情绪若此,大笑而已)。"八一滑雪场"是了不起的"八一滑雪场"。这一支军队的滑雪队,曾夺过两次世界冠军,多次全国冠军,无数个省内冠军。这里是培养冠军的地方,是别一种强悍而优美的、能打硬仗的"特种部队"。

　　八一滑雪场招待来自全国各地参加"论坛"的人,是农家菜——军队的滑雪健儿,也吃农家菜,所以农家菜是招待贵宾的菜。其中有皮冻——我之最爱,以下分别为,笨鸡炖榛蘑、排骨炖豆角、羊肉氽萝卜丝、玉米鱼皮、东北大拉皮、蒜汁护心肉、炒土豆丝(吃土豆丝能出世界冠军——千古之谜呀)、土豆炖人工养殖的林蛙(就是田鸡炖土豆)、酸菜炖白肉、炒鸡蛋、苞米棒子、大米饭,实实惠惠,几十种。而且,鸡,是自己养的,猪,是自己养的,大米和苞米,是自己种的——绝对的绿色,绝对的安全,绝对对得起苍天,也对得起民众,更对得起世界冠军的最高荣誉。喝的是自产的野生葡萄汁儿。不仅好喝,还可以健身,治心脏病。如果是在封建社会那该是皇帝喝的了。

横道的乡吃最为别致。先前未曾总结,"资源"从手中滑掉了。横道的乡吃有:鹿肉丸子,野鸡汤,个头俨然小孩拳头大小的林蛙——倘若你连续吃上三天,就会在心里打鼓——能不能吃出鼻血来——营养太丰富了。还有,地道的酸菜炖肉。吃这种酸菜炖肉,才能把你的灵魂拉回到你的少年时代。

——看来,乡吃是一种力量,肯定是不错的。

但这一切并不为奇。横道的风味,我想,恐怕连横道人自己也未必注意到,那就是卷饼。在妙不可言的横道,卷菜吃的饼有三种,一种是筋饼,其薄如帛;一种是油饼,油亮亮,金灿灿,漂亮极了,香极了;再一种是敦厚朴实的大饼。大饼的吃法分两种,一种是蘸奶油吃,一种类似汉堡包的吃法,在大饼中间夹上熏野猪肉、鹿肉,再双手托着,像吹口琴那样吃。而筋饼的吃法简直就是魔术,卷任何菜都可以,可以像鲁人那样卷大葱吃(这儿鲁人的后代多,写《贫嘴张大民》的刘恒告诉我,黑龙江所以鲁人多,是因为在明朝时,将相当数量的名人驱赶到了黑龙江——他们的后代是到黑龙江寻亲,才定居下来的),也可以卷鸡蛋,卷山野菜,卷呲老芽,卷刺五加吃,还可以卷熏肉,卷土豆丝,卷豆芽菜,卷凉菜,卷大盘中的任何一种炒菜吃都可以,都是内行,都牛皮。总之,没有定法,凡是菜,全可以"卷"。所以,当你走向风景如画的、到处都可以看到挂有"筋饼"、"斤饼"招牌的地方——那就是横道,我可爱的家乡,梦魂萦绕的地方。

乡雪

◎杨明显

你寄来的那张有白茫茫雪景的贺年卡，足以令我加倍怀念起落雪的冬天，不，是落雪的故乡。

我偏爱冬天：一个在酷寒、冷峻、孤寂中孕育着温暖、明媚和欢乐的季节。踩着冻僵的双脚，捂着麻木的耳朵满怀期待地喊一句：

"啊，冬天就要过去喽！"

冰冷，令人清醒，凛冽，叫人抖擞起精神挥发体腔内所有的热量抗拒严寒。我始终怀恋围着小煤球炉子，静听北风在庭院猖狂呼号，而心底蕴藏着渴望的那段日子。

窥柳梢点点碧色，感廊檐下一线暖阳，让凝结的心、冷缩的感情绽出一朵希望的火花——没有希望、渴慕，生命就成了空壳，无所求的人生岂不像被蠹虫蛀蚀的书页。

严冬虽寒并非一无可取。

那一片片、一团团，飘舞在天空的雪花，增加了宇宙的庄重、肃穆；点缀了彩色人生的典雅、圣洁，正因为有个白皑皑朴素冷酷的冬天，才加浓了春的温馨、夏的艳丽、秋光中红叶黄菊的灿烂。

友，因为你的贺年卡使我跌进相思中，眷恋、熟悉，纷纷扬扬的雪花夜夜飘洒在梦里……

在积雪的大道上车老板甩着长长的鞭梢儿,清脆的鞭子和哒哒的马蹄伴随着车轮下嘎吱——嘎吱——呼叫的雪声,赶车人浑厚低沉的吆喝划破冰封的田野:银塑的远山,冰雕的江海,狗皮帽子下凝霜的眉毛,胡子和马嚼子上变冰碴儿的哈气都镶着雪。

扫净庭院积雪的墙角,把短木棍中间绑一条长绳——长到能从院子拉进门缝。用木棍支住笤筐的边沿儿,撒一把黄黏米、红高粱,隔着挂冰花的窗户往外窥视,等呀、等呀,等那群雪天无处觅食的麻雀"入瓮"。

猛拉线绳,飞起木棍,翻落笤筐,或许能扣进一只贪吃失去警觉的"大家贼",也许忙乱整个下午一无所获;快乐,无法用得失计算。

抽冰猴儿的鞭把用四棱的竹筷子做,央求妈妈用三色的布条儿编个上粗下细的小辫子当鞭梢儿,冰猴儿底座按进一枚亮晶晶的大铜钉,冰猴儿顶上糊层红红绿绿的花纸,旋转起来底座光滑飞快,顶面像万花筒似的转出彩色斑斓的花纹。找个冰坚的宽敞地用双手把冰猴儿用力一捻,紧抽几鞭,转呀、转呀,像跂起脚尖跳芭蕾舞的胖姑娘在冰上滑翔。

雪地上的鸡爪印似竹叶,

狗爪印像五瓣的梅花。

扒开小河中央的厚雪凿穿一个冰洞,晚上把糊红纸的玻璃灯笼放在洞口,就会有成群结队的螃蟹从冰河里往洞外爬,它们蹒跚横行好奇地聚集在小红灯笼四周。呼唤、跳跃,用戴着棉手套的手,不费力气地一个又一个丢进桶里去。

立起拳头在结冰的窗户上一印立刻出现一个小脚掌,用指头轻轻在脚掌上端点出一、二、三……五个小脚趾豆——像极了！一个雪娃娃的小脚丫儿。

冬天早晨，大雪封住了门和窗。

屋檐下的滴水全变成了一排排倒垂的冰鞭，是尉迟敬德的神鞭，抑或呼延庆的双鞭？

窗户上每块玻璃都凝着厚厚一层冰花，美极了！像糊上的挂千，似贴上的剪纸窗花，躺在暖暖的被窝中仔细端详：

那是一株灵芝草，那是一丛百合花，

一棵棵的小杉树长在重重的山峦间，

一个披着长发的美人儿昂着头噘起朱唇在呼唤，

啊，那是一匹怒吼的雄狮站在一团浓郁的白云下面。

窗上的冰花能编织出一个缥缈的梦，

能谱写出一首动人心弦的歌。

当太阳升起来的时候，它先吞噬了那株灵芝草，拔走了所有的野百合，坎平了茂盛的杉树林，踏平了险峻的山岭，抱起长发美人儿骑在雄狮背上，慢慢、慢慢，消失在郁郁的白云间……

窗上的冰花消失了，只留下一汪水珠顺着窗台往下滴答，我伸手接住。

生命，何尝不像易融的冰花，我们自诩掌握了命运，其实接住的不过是些自制的幻影罢了。

记得那年三月你从寒凝的北方归来，带给我一株开着碎碎花瓣儿有着金黄色花蕊的小黄花，你说：

"见识一下吧，这就是开在长白山下的冰凌花。"

冰凌花又叫"福寿花"，我知道它的根、茎、叶、花均可做药材，却想不到它是这么单薄平凡。

"你看，冰凌花开在刺骨的残冬，当冰凌花破冰顶雪地长出来时,春天也就快要来了,冰凌花凋谢时,就是山花烂漫、绿草茵茵的春天。"

它是报春的使者,还是滋春的肥料?

我梦见:白皑皑的雪地上开满金煜煜的冰凌花,有一个花盘突然变成你的脸。

"做一朵雪地的冰凌花还是做无根的水仙?"我犹豫地问。

写于 1985 年元旦

岑寂与风雪的俄罗斯

◎李公明

巴乌斯托夫斯基论述亚历山大·勃洛克的短文,以这样一个句子开头:"再没有比讲述河水的气息或田野的岑寂更困难的事了。"我曾经反复体味这句话,并且莫名其妙地被它感动。能够感受、理解并愿意继而深思这种困难,或者说,假若向往并眷恋那种气息、那般岑寂,俄罗斯离我们就并不遥远。

说来奇怪,我出生后没几年,中苏"蜜月"就结束了。像我这一代人本来是在"反修防修"的雷鸣中长大的,我们与上一代穿列宁装、跳交谊舞的青年知识分子当有不同,但为什么我们仍会有如许深切的俄罗斯文化关怀?就我个人而言,或许与我父亲的影响有一点关系。中苏友好时期,我父亲从事俄语翻译的工作,时常接待"老大哥"的来访。有一段时期,我们家就住在中苏友好大厦里的宿舍区。小时候家里有不少俄文画册给我乱翻,也还记得爸爸拿着一本涅克拉索夫的(?)《严寒,通红的鼻子》教我看,那里面有很多精美的彩色插图。在那些画面上,我第一次认识了俄罗斯的雪原、马车、白桦林,那种冷冽、辽远的感觉现在依稀尚存。这些就是我对俄罗斯的最初印象。

以后,我是在"复课闹革命"之后读完小学的,我们的中学

时光大多是在"革命大批判"之中度过,我们能有什么机缘领
受人类文化的浇溉呢?有些事情是出乎人的意料的,比如,我
第一次接触"十二月党人"、"车尔尼雪夫斯基"、"别林斯基"这
些字眼,是在街上的大字报看来的。当时,不知为什么,它们
以其字形和发音令我内心隐隐有一种激动之感。我向班上同
学转述它们,仿佛它们是从我灵府深处抽剥出来的彩带,我不
仅熟知它们,而且感到它们使周围空间气息产生了变化,有一
种很辽远、很神圣的事物短暂地降临在我们中间。实际上,我
对它们还一无所知。

真正从书本上接触苏俄是在读高一时(1973年),那时读
了《钢铁是怎样炼成的》。后来不知为什么出版了高尔基《童
年》、《在人间》、《我的大学》的连环画,那些画面和文字至今
难忘。

现在回想和分析起来,我们是在极度的文化饥渴中成长,
它的好处是,只需要有一点星光、一粒微尘、一丝柳絮,我们就
会被震慑、被融化。由此而逐步接近"充满怕和爱的生活"(巴
乌斯托夫斯基语),比之今天的"追星一族"(他们因为富有而
失去),恐怕有福的还是我们。

今天,我们可以从精神生活的各个方面环抱俄罗斯,但我
们是否都懂得了俄罗斯的岑寂意味着什么?

蒲宁在雾中的大海上被这个世界的岑寂的夜所震慑,感
觉到以往生活中的一切是那么渺小,那么乏味;在日内瓦湖
中,库罗夫斯对蒲宁说:"我们都站在它(指岑寂)的门口,我们
的幸福就在这扇门里边。你是否记得易卜生的那句话:'玛
亚;你听见这寂静吗?'我也要问你;你有没有听见这群山的寂

静呢?"蒲宁想到的是,当年所有的理想主义者,所有的恋人、年轻人,所有来这里寻求幸福的人永远消逝了。

而勃洛克却是从莱蒙托夫和果戈理的身上体味那种岑寂。他说:"他们了解像水晶般透明、似金芦笛般清晰的寂静。寂静在歌唱,寂静在开花;读他们的作品时,我们想,除了这样的寂静还需要什么呢?"在这里面,我体会到寂静是何等庄严隆重,体会到寂静的全部感伤与凄美。

岑寂是全部无言的存在,是一部俄罗斯文化的最遥深的境地。巴乌斯托夫斯基认为静夜大有益于写作,他的体验是:"意识屋外古老的乡村果园整夜都在不停地飘下落叶,是有助于写作的。我把果园当作活生生的人看待。它一声不作,耐心地等着我夜晚去井边汲水煮菜。能够听到吊桶的喀隆声和人的脚步声,它也许就比较易于熬过漫漫的长夜了。"甚至更遥远一点,只要感觉到村外有寒林,林中有湖泊,湖中倒映着千年如斯的星光,也行。我的理解是,俄罗斯的岑寂不是虚无无声,而是精神性生活在岑寂中苏生,在岑寂中私语着存在的真谛。

因此,"我们把耳朵贴在家乡的土地上,听母亲的心脏是否还在跳动? 没有,出现的是美妙的寂静,我们在它细心地垂下的双翼下感到了温暖。"(勃洛克语)越是岑寂,便越会感受到最轻微的气息的存在,它们几乎往往是会相依相存的。

俄罗斯给人的印象是与风雪连在一起。

自从前苏联解体以后,国人似乎一下子都增长了对俄国的认识,人们津津乐道于皮毛大衣、黑市兑换、国际倒爷,"风雪俄罗斯"被炒成热汤。风雪只是成了一种衬托,一件虚白的标签,失去了它的蕴含。

风雪的意味与岑寂显然有不同。

岑寂是诗意,是幽冥的遥想,是本体论的领悟。而风雪,无疑更多是一部苦难史的插图,是战乱也是红旗飞舞的背景,它联结着严酷的环境与求生的意志。"冰雪覆盖着伏尔加河,冰河上跑着三套车",实际上冰雪覆盖的是俄罗斯巨大的忧伤。

勃洛克是真正洞悉一切风雪的秘密的诗人,他对于俄罗斯天空飞舞的风雪情有独钟,他的描述深深撼动着我:"喜悦冷却,炉火熄灭。再也没有春夏秋冬。家家户户的大门全朝着风雪弥漫的广场敞开。"后来在同一文章里他又再三写道:"我们生活在一个家家炉火熄灭、窗户昏暗、大门朝着广场敞开的时代。我常常觉得,我们共同的活动场所,是我早就熟悉的彼得堡广场上那空荡荡的市场,那里的暴风雪在门窗紧闭的夜晚哀号得尤为凶猛。"我无法不深究,他笔下的风雪意欲何指,一般认为这篇文章(《天灾人祸之时》)"表达了诗人对社会萧条、文化停滞、天灾人祸之时俄国文学和文化状况的看法和忧虑",那么"风雪"象征的是狂暴、躁动不安的时代,象征着安宁、平和的消失。风雪既令人痛苦难熬,也令人经受洗礼。请允许我再抄录勃洛克的话,我相信我们这一代人对此会心怀感慨:

"在我们中间出现了一些流浪者。无家可归、无所事事的流浪者们相聚在城市的各个广场上。可以想见,他们永远脱离了人类,他们必遭死亡。但是,他们的无家可归和与世隔绝只是个表面现象。他们出走,在'路途中不再有温暖的炉火',但他们知晓寂静的临近。"

"这些幽灵般的人们,好像同风暴一起登上了空中那黑漆漆的深渊,正鼓起双翼飞翔。……暴风雪放声高歌,带着他们飞旋,扬起他们破衣衫的翅膀。……暴风雪的呼啸声在电线杆上放声歌唱。"

这就是与风雪同在的人们,他们失去温暖的炉火,但他们知晓寂静的临近,他们仍然高歌。不管在勃洛克心目中,这些流浪汉的真正意指是什么人,他们身上表现出不怕吃苦、不屈从命运的个性和力量。他写这篇文章时距离十二月党人起义已有大半个世纪了,难道他是在追忆着那些贵族革命者么?

谈到十二月党人,我想起有一个人,他对于十二月党人十分地铭记在心,他就是诗人普希金。他在当时正写作着的《奥涅金》中最初提到他们。"以一句'有些人已然不在,另一些人又远在天涯'结束了《奥涅金》。普希金不必回忆他们:他简直无法把他们忘怀,无论是活着的人,还是死者。""对十二月党人的想念,也就是对他们的命运和他们的死亡的思虑无休止地折磨着普希金。"(阿赫马托娃语)我时常被普希金的这一点所深深感动,我们这一代人大概也都会像我一样深深受感动。

风雪俄罗斯,黑暗忧郁的旷野,乡村稀疏、渐灭的灯火,我愿意这种古老的俄罗斯图像长驻心中。我的心不知为何会被这幅图像所刺痛,这时我往往找不到恰当的语言来表达。我只知道,俄罗斯在我心上变得更为忧伤,更为美丽,更为不可企及。

1994.2.22 夜于东山寄庐

敬　启

　　因为某些技术上的原因,致使本书的个别作者尚未能联络上。敬请见书后,即与责任编辑联系,以便我们及时奉上样书与薄酬,并敬请见谅。